「山奥ニート」やってます。

はじめに

僕は山奥ニートです。

山奥で暮らしているニートだから、山奥ニート。

ニートと言っても、親に養われているわけじゃありません。

自分の生活に必要な最低限のお金は、自分でなんとかしています。

でも、定職に就《つ》いていないし、学生でもないし、職業訓練も受けてません。

フリーターやブロガー、ましてや作家と名乗るには、働いていない日が多すぎます。

ほとんどの日をニートとして過ごしているから、ニートと自称して差し支えないかと思います。

＊

僕が住んでいるのは、最寄り駅から車で2時間の山奥です。

もちろん周りにお店はありません。徒歩圏内に他に住んでいるのは5人だけ。

それも爺さん婆さんばかりで、平均年齢は80歳を超えます。

そんな限界集落に、平屋建ての木造校舎があります。小学校として使われていたのはもう何十年も前のことです。

ここに、15人の若者が暮らしています。年齢は10代から40代。女性もいます。

僕はそのうちのひとりに過ぎません。

全員、元はここに縁もゆかりもなかった人たちで、全国各地から別々に集まってきました。

始まりは、ひとりの爺さんの夢です。

過疎が進む自分の故郷に、ニートやひきこもりなど社会に居場所がない人を集めて、共同生活をさせる。

僕はそれに共感して、その第一号になることにしました。

当時、僕は立派なひきこもり。

浪人、留年、中退と三重の親不孝を重ねて、その挙げ句ひきこもり。

バイトすら上手くできなくて、この社会ではどうにもやっていける気がしない。

社会の歯車にもなれない僕に、生きる価値がない。

こんなクソみたいな世界、早く滅びないかな。そう思って過ごす毎日。

そんなときに、山奥にニート・ひきこもりを集める計画を知りました。

自分を必要としない世界なんか、こっちから願い下げだ。

自分で、新しい世界を作ってやる。

僕はこの世界を捨てるつもりで、彼女も贅沢も人との繋《つな》がりも諦めて、山奥に住むことにしました。

ところが、それから6年経った今、僕には妻がいます。

お金はありませんが、ひきこもりのころよりずっと良い食生活をしています。

街からは遠く離れているけれど、人との繋がりは強くなりました。

山奥では人間が少ない分、大切にされます。換えがないのです。

地域の爺さん婆さんに出会うと、あいさつするだけでいつも喜んでくれます。

僕に「いてくれてよかった」とさえ言ってくれるのです。

一緒に暮らしている14人には、どこかしら僕と似たところがあるように思います。

みんな暇だから、遊び相手には事欠きません。

すべてを捨てたつもりだったのに。

やっていることは、ひきこもりだったころと同じなんです。

アニメ見て、ゲームして、ＳＮＳして、寝る。

ある意味では、僕はまだひきこもったままです。

村おこしとか、ビジネスを立ち上げるとか、そんな能動的なことはしません。

ただ、ひきこもる範囲は自分の部屋から、この集落に広がりました。

今の僕はかぎりなく自由です。

気を抜くと、ふわりと地面から浮かんでしまいそうなくらい。

都会の勤め人から見たら、僕は幽霊なのかもしれません。

経済活動をほとんどしていないし、社会を変えるため行動してるわけでもない。

居ても居なくても同じなような、透明な存在です。

でも、僕は毎日楽しいです。朝は寝床でグーグーグー。学校も試験もないですから。

この本は、そんな僕らの今をどこかに記録しておこうと思って、書いたものです。

山奥ニートは企画やアートじゃありません。

だから何かの宣伝だったり、何かのメッセージがあるわけじゃないです。

これはただの生活。

ごく凡庸な、人間として当たり前の営み。

最近の世の中、見せるために作ったわかりやすいものばかりです。

ヒットする法則は解明されて、みんな検索されやすい言葉を選んでる。

でも僕らは、お店に並ぶきれいにパッケージされた商品ではありません。

たまたま自然に作られた、だけど人によっては何かの形に見える、ただの小石です。

る質問

※すべて執筆時の状況をもとにしています

1.収入は?

僕の収入の中心はブログ広告。他の人はキャンプ場、旅館、測量の仕事を季節ごとにしています。

⇨56ページ〜参照

2.生活費は?

月にひとり1万8000円を集めて、食費・光熱費に充てています(家賃はタダ)。

⇨46ページ〜参照

3.いつも何してるの?

人それぞれ別のことをしてます。畑を耕す人、廃屋を片付ける人、アニメを見る人、散歩する人、いろいろです。

⇨18ページ、108ページ〜参照

10個の
よくあ

4.何人いるの?

いつも15人くらいと答えています。出稼ぎに行ったり、実家に帰ったりする人が多いので人数はよく変わります。

⇨30ページ～参照

5.女性いる?

今住んでるのは３人です。女性の見学者もだいぶ増えました。

⇨229ページ参照

6.住んでる人の年齢層は?

10代～40代。20代半ばが一番多いです。

⇨37ページ～参照

7. 怪我や病気はどうしてるの?

他の人に運転してもらって、町まで1時間半かけて降ります。

⇨ 85ページ参照

8. 一番楽しいことは?

アニメや映画を一緒に見て、感想を言い合えること。

⇨ 第2章（103ページ〜）参照

9. 将来はどうする?

ここにいて働く気が起きれば働けばその人にとっていいことだし、ずっとここにいるなら地域の人が喜ぶ。もっと先のことはわからない。

⇨ 第5章（279ページ〜）参照

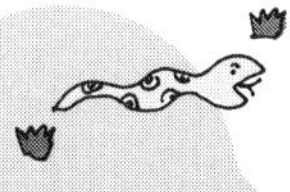

10. 遊びに行っていい?

あまり見学者が連続すると疲れるから断ることもあります。長期滞在はそのとき部屋が空いてるかどうかによります。

⇨ ブログ「山奥ニートの日記」内、「共生舎を見学したい人へ」参照
http://banashi1.hatenablog.com/entry/2017/01/27/161414

はじめに　2
10個のよくある質問　8

第1章　山奥ニートとは

山奥ニートの一日　18
信号機まで１時間　25
村人５人、ニートは15人　30
みんなニートなら戦争はなくなる　37
山奥ニートの支出　46
山奥ニートの収入　56
自然の恵み　66
文明の恵み　76
２００人の見学者　81

怪我や災害どうするの　85
追放の条件　92
山奥って便利だ　98

第2章　山奥ニート日記

ハロー、ヒューストン　104
BBQまで1秒　108
川辺で文庫本を開く　112
山奥ニート、キレる　115
お母さん預かり　123
シカを捌くと眠れなくなる　127
山奥を去る人　133
町の皆さん、よいお年を　138

第3章　山奥ニートの今まで

サンタなんか来なくていい　146
余は如何にしてニートとなりし乎　152
働いたらお金が減った　160
東日本大震災　164
めざせ一流ニート　171
仙人と会った夜　179
山奥ニートの始まり　183
4月1日　186
ニート、会議に出る　188
大失恋　193
先生と呼ばないで　199
ニート食品加工所　207

第4章　山奥ニートたち

山奥ニートはどんな人？　212
ピエール　214
ももこ　229
いくみん　237
ろき　250
ジョーくん　258
山奥ニートは「じゃない人」　274

第5章　山奥ニートのこれから

ヒッピーと山奥ニート　280
限界集落は消えるべきか　288
山奥ニートだけど結婚しました　293
山奥に行くとモテる？　299

山奥ニートのこれから　305

あとがき　315

本文デザイン――Malpu Design（佐野佳子）

装画・挿画――風間勇人

第1章

山奥ニートとは

山奥ニートの一日

山奥に暮らしてるって言うと、どうもみんな江戸時代の農民みたいな生活をしてると想像するらしい。

期待に添えなくて申し訳ないけど、僕らの生活はそのへんの地方都市より都会的だ。この21世紀の発展した文明に大いに頼っている。

もし江戸時代だったら、僕らみたいな怠け者は山奥じゃ暮らせない。

昔は毎日、川や井戸から水を汲《く》まなきゃならなかったし、何かを売り買いするにも徒歩で何日も歩いて山を越えなきゃいけない。

年貢の取り立ては厳しいし、天候不良はそのまま飢餓へ繋がる。

それに、いつも同じもの食べて、同じ人と会話して、娯楽がろくにない生活なんて耐えられない。

この百年の間に、人間の暮らしはずいぶん便利になった。

たとえ山あいの集落でも、ポンプで汲み上げた水がホースを通って蛇口から出る。

自動車に乗れば、歩けない人だって一日に何百kmも移動できる。

中でも大きいのは通信の発達だ。電話にメールにブロードバンド。

「田舎の学問より京の昼寝」なんてことわざがあったのも、今は昔。

都会と田舎の差は、ずっと小さなものになった。

僕が、今この瞬間の山奥の空模様を写真に収めてアップロードすれば、それは光の速度で伝わって、世界のどこでもそれを見ることができる。

今どこにいるか、ということは前ほど重要じゃなくなった。

それに、僕はニートでひきこもりだから、外に出ることなんてほとんどない。

山奥でひきこもってても、都会でひきこもってても、おんなじだ。

まぁ、読者諸兄にとっては、そもそもひきこもりがどんな日常を送っているのか想像がつかない人もいるかもしれない。

まずは山奥ニートの一般的な一日を紹介しよう。

＊

山奥ニートの一日は、午前11時くらいから始まる。

午前中はほとんどの山奥ニートたちにとって、就寝時間である。

大半の山奥ニートたちはこの時間、じっとりと湿った、腐葉土のような布団の中にいる。

布団の多くは古民家に眠っていたのをもらった。かつて、田植えや収穫のため集まった親戚をもてなすための布団だったのかもしれないが、今は惰眠を貪《むさぼ》るニートを抱きしめて離さない。

起きたらまず、リビングへ行く。

このリビング、学校の教室ほどの広さがある。

というのも、この建物はもともと小学校の分校だったのだ。

いろいろあってリフォームされたのち、現在は15人の山奥ニートが住みついている。

昼の食事はスパゲティであることが多い。

田舎に移住する人の多くは、マクロビオティックだったり、ベジタリアンだったり、食べるものに気を遣う。

山奥ニートはそうではない。

基本的に山奥ニートは、山奥成分が3割、ニート成分が7割だと認識してもらいたい。

だから、がっつり炭水化物を食べる。とはいえ、一般的なひとり暮らしよりは野菜も肉も食べていると思う。

100%自炊だからだ。近くに外食できる店がないから、自分たちで用意しなきゃ何も食べられない。

スパゲティは、アマゾンから送られてきたものであることが多い。スパゲティを自分たちのお金で買うことはほとんどない。ブログや生放送を見た人が、支援のため送ってくれたものだ。

1kg20円という驚くべき安さの外国製スパゲティを、自分たちの畑で採れたにんにく・唐辛子と合わせてペペロンチーノにする。

気が向けば、リビングにいる他の山奥ニートの分も作る。

料理を作ってもらった人は、洗い物をするのが暗黙のルールになっている。誰が決めたわけでもなく、なんとなく、そういう感じになった。

朝食とも昼食ともつかない食事を終えると、ギターを弾いたり、鶏を散歩させたり、洗濯機を回したり、なんとなくで日中を過ごしてしまう。

畑に行って水をやったり、家の改修工事をしたりする人もいる。別に強制ではないので、それだって単に暇つぶしにやっているだけだ。

日が傾くと、誰かが晩ごはんを作り始める。

当番は決まっていない。作りたい人が、全員分作る。

全員が料理したくないという夜もある。そういうときは各自で食事をとるが、数ヶ月に一度あるかどうかだ。

晩ごはんが完成すると、グループチャットで報《しら》せを送る。

食事の時間も決まっていない。

ゲームに夢中で、深夜になるまで部屋から出てこない人もいる。

晩ごはんを食べにリビングに来た人は、そのまま酒を飲んだり、一緒に映画を見たり、ボードゲームで遊んだり、好きにする。

話したくない気分の人は、自分の部屋に帰る。

そんなだから、同じ屋根の下に住んでいながら、何日も顔を合わせないこともある。

風呂はシャワーだけで済ますのがほとんどだ。同じ湯に順番に浸《つ》かるほど、親しい間柄ではない。夜は順番待ちになるから、日が高いうちに済ませてしまう人が多い。どうせ運動なんかしないんだから、いつ入っても大して変わらない。

眠りに入るのはだいたい深夜3時くらい。といっても、朝起きる予定がないから、何時に寝るかなんてどうでもいい。

リビングで夜通し猥談にふけることもあるし、ひとりで漫画を読んでいるうちに朝になっていることもある。

見ようによってはこの上なく堕落した生活。

でも競争相手もいなければ、管理する者もいないユートピア。

山奥ニートの一日は、沢から引く水が庭の手洗い桶に流れる音を聞きながら布団に入って終わる。

明日の予定も、何ひとつない。起きてから決めよう。

*

これが何もないときの一日。

だけど、山奥での集団生活では、何もない日のほうが珍しい。
よく晴れた夏の日は、川へ行って泳ぐ。
話題の映画のネット配信が始まると、プロジェクターを用意して映画上映会。
対戦ゲームが大流行して、徹夜で遊び続ける。
台風によって停電になり、暗闇の中ボードゲームをする。
大事にしていた鶏がイタチに襲われて、悲しみながら墓を作る。
から揚げを何kgも揚げて、お腹《なか》がはち切れるくらい食べまくる。
山奥に住んでから5年。
今や、同居人は15人に増えた。
15人もいると、どんなことだってイベントになる。
歳《とし》を取るほど一年が早く過ぎるというけど、あれは嘘《うそ》だ。
ここでの5年は、僕にとっては小学生のときと同じ密度だ。
山奥だし、ニートだけど、全然退屈しない。
もし、退屈しそうだったら集落を一周すればいい。
５００ｍも歩かないうちに僕を呼ぶ声がする。

信号機まで1時間

国道３７１号線は紀伊半島の中央を縦断し、大阪河内長野《かわちながの》から本州最南端の串本《くしもと》まで続いている。

熊野古道中辺路《なかへち》と並走する国道３１１号線と交差したあとは、名前こそ国道だが谷あいを蛇行する幅の狭い山道だ。

住む人がひとりもいなくなった消滅集落をいくつか通り過ぎ、曲がりくねる狭あい道路をうんざりするほど走り続けたその先に、僕らの住む五味《ごみ》集落がある。

山の懐に抱かれた、谷川のほとり。日本でも有数の地図の空白地帯。

とはいえ何もないわけじゃない。

途中にある合川《ごうがわ》ダムはバスフィッシングの名所として知られていて、休日はボートに乗って楽しむ釣り客をよく見かける。

僕らの家の目の前を流れる川、その名も「前ノ川」は、鮎《あゆ》釣りのメッカである日置《ひき》川へ合流する。ダムより上の清流で、良質な苔《こけ》を食べて育った鮎は、美味だと評判だ。

このあたりはかつて、林業で栄えたそうだ。

戦後の復興のため、急増した燃料需要に供給が追いつかず、木材は高騰した。そのころはこの山奥に喫茶店やパチンコ屋があり、丸太を運び出すトラックで山道が渋滞したという話だ。

しかし、１９６０年から１９６５年までの５年間に、林業従事者は約半数にまで減少する。

薪《まき》や木炭が中心だった燃料が、電気・ガス・石油に置き換わったからだ。燃料としての木の価値は暴落した。

代わりに、伐採された山に杉やヒノキなどの針葉樹が植えられた。当時、建築材としての木材の需要は増加していて、植林は資産を増やす確実な方法と言われていたのだ。

だが、建築材としての価値もすぐに外国製の木材や円高の影響を受けて低下。採算が取れなくなった森林は、手入れも伐採もされずに、荒廃していく。

林業の衰退とともに、この地域の活力も失われていったそうだ。

今では人が住む家は数えるほどしかない、過疎地域となっている。

確かに交通の便は悪い。

最寄りの駅まで車で2時間。といっても、普通の道を運転するのとはわけが違う。一番近い信号機までの1時間は、自家用車がすれ違うのがやっとという山道。

ガードレールがない場所も多い。ハンドル操作を誤れば、谷底へ真っ逆さまだ。

夜のドライブでは必ずと言っていいほど、動物に出くわす。

シカ、イタチ、ウサギ、イノシシ、ハクビシン。

動物もだいたい見分けられるようになった。

*

もちろん街灯なんてない。

新月の夜には道の脇に車を停めて、外に出てみる。

ライトを消すと、自分が今目を開けているかさえわからなくなる。

毛穴のひとつひとつで空気の流れを感じて、一歩一歩進む。

でも、怖いと感じたことは一度だってない。

いつも安心感に包まれる。

この闇の中なら、何をしても、誰にも咎《とが》められることはない。

親も先生も常識もない。

本物の無条件の、真の自由は山の夜にしかないんじゃないかと思う。

空には圧倒的な数の星が輝いていて、山と山とをまたぐ橋のように天の川が横切っている。

夜の空気を胸いっぱいに吸い込むと、自分は真っ黒い大きな山の一部であると感じられた。

このあたりの山には平家の隠れ里だったという伝説がある。

落人《おちうど》伝説は全国各地にあるけど、熊野権現と関わりが深かった平家がここに逃げてきたというのは説得力があるように思う。こんな山の奥深い村なら、追っ手に気づかれっこない。

名を変えて山あいの僻地に隠れ住む気持ちはどんなだっただろう。

僕らみたいに案外楽しく暮らしていたらいいな、と思う。

夏は湿度こそ高いが、川からは清涼な風がくる。

冬でも雪が積もることはなく、寒暖の差は少ない。

過ごしやすい気候だけど、唯一気になるのは台風や前線の影響で雨が多いこと。

暴風雨による土砂崩れが多くって、頻繁に道が寸断されてしまう。

電線に倒木がひっかかるせいで、停電になることもしばしばある。

僕らにとって、台風が来るたびに電気が使えなくなるのは、当たり前のことだ。

今では数日買い物に行かなくても済むよう、しっかり買いだめして、水も風呂にたっぷり溜《た》める。

人間、何にでも慣れるもの。

住み始めたころペーパードライバーだった僕は、今じゃマニュアルの軽トラで、細い山道を鼻歌交じりで運転できるようになった。

逆に街なかを運転するのは今でも怖い。

他の車がいると、自分がいくら気をつけても相手によっては事故に遭う。

街での運転は、常に道路標識に意識を払って、他人の迷惑になっていないか気にしなければならない。

だけど、山道での運転は、大海原を進む船のように豪快にハンドルを右に左に回して進む。楽しい。

ただ、対向車が来たときだけは、ツイてないなと気が落ちる。

バックしてすれ違えるところまで戻らなきゃいけない。

えー、こっちが戻るの？　そっちのほうが近いじゃん。

でも感謝の意として短いクラクションを鳴らされると、少し得意な気持ちになる。

都会なら体がぶつかったって、謝る暇すらないのに。

初めは単に家賃がかからない場所として山奥に住み始めた。

でも今じゃ、山暮らしの素敵なところを、こうやっていくつも挙げられるようになった。

村人5人、ニートは15人

この集落の人口は5人。

もっとも、これは僕ら山奥ニートを除いた人数だ。

お盆やお正月のときに街からやってくる家族は何組かあるけど、普段から寝泊まりしている地元の人は、たった５人。

平均年齢にしたら80歳を超える。

そこに縁もゆかりもない若者が15人住みついた。

田舎に移住して、地元の人から嫌がらせを受けたり、村八分にされたりしたという話を耳にすることがある。

いじめまではいかなくとも、新参者は面倒な役を押しつけられて、使いっ走りにされるらしい。

だけど、幸か不幸か、僕らがこの集落に来たときにはすでにほとんど共同体としての体《てい》を成していなかった。ある意味、限界を超えた集落だ。

皆が顔を合わせるのは年に２回の寄り合いくらい。

他はときどき車ですれ違う程度。

同じ集落内と言っても、家は点在しているから歩いて回るのは大変だ。

一番カミの家から、一番シモの家まで歩いて40分はかかる。

あ、カミとシモってわかりますか。想像はつくと思うけど、一応説明しとこう。

山奥は曲がりくねった川に沿って集落があります。たとえばＵ字形に曲がった川の右上にＡという場所、左上にＢという場所があったとする。そういう場合、「北」と言ってもＡなのかＢなのかわからない。そこで、川の上流なのか下流なのかのほうが重要になってくる。だから東西南北ではなく、カミ（上）とシモ（下）で場所を表すのです。

田舎の人にとっては常識かな。僕は山奥に住んで初めて知りました。

話を戻すと、集落には５人住んでいるけど、その５人同士も会うことがほとんどない。

だからなのか、僕が散歩しているのを見つけると、とても嬉しそうに声をかけてくれる。

正直に言えば、地元の爺さん婆さんの話は、だいたい半分くらいしかわからない。

方言が強いし、滑舌も悪い。耳が遠いから、こちらは声を張り上げなければ伝わらない。

でも、僕は爺さん婆さんと話すのが嫌いじゃない。

街での社交辞令ばかりの会話とは違って、山奥で交わされる会話は実用的だ。あそこに行けば山菜が採れるだとか、あそこの栗は拾っていいだとか、あの農作物の値段が上がっているから植えたほうがいいだとか、いろんなことを教えてもらえる。

それに、集落の爺さん婆さんは、僕がちょっと的外れなことを言っても、クラスのサッカー部のあいつらみたいに繰り返しイジってくることはない。先生や上司みたいに減点することもない。

だから話してて楽しい。

嫌いな人間と付き合わなくていいのは過疎地域の利点だけど、完全に話し相手がいなくなるのもちょっと物足りないんじゃないかと思う。

＊

山暮らしは災害と隣り合わせだ。

毎年、台風の季節になると、土砂崩れで道が寸断される。水道もホースが外れて止まってしまうし、停電だって起こる。

そんなとき、お年寄りだけだと対処できないかもしれない。

まぁ若者とはいえ、ニートの僕らがどれほどの戦力になるかはわからないけど。

いないよりはマシ……だと思いたい。

*

前の冬、集落に住むお爺さんが運転する車が、ハンドル操作を誤って谷に落ちる事故が起きた。

山奥じゃ珍しく救急車の音がするなと思ったら、すぐ近くで止まるもんだからびっくりした。

僕が気づいて行ったときにはもう、警察と他の山奥ニートたちが集まっていた。

幸い命に関わるような怪我ではなく、運転していたお爺さんは自力で車から脱出して、崖を上がっていた。

お爺さんは、呆然としながらも、肩から毛布をかけ、温かい珈琲を手にしていた。

事故に気づいたうちの住人が、家から持ってきたのだ。

警察やレッカー車を呼んだのも、うちの住人だった。

僕らはニートだから、怪我を治療したり、谷に落ちた車を引き上げることはできない。そんな力も技術もない。

でも、まったく何もできないわけじゃないと、このとき思った。

＊

とはいえ、そんな緊急事態は珍しいことで、普段の僕らは散歩以外ほとんど外に出ない。だから集落の人に会う機会も少ない。

僕らは集落に対して、何もしない。

地域おこししようなんて思ってないし、変革を起こしたいわけでもない。僕らは本当に、ただ平和に暮らしたいだけだ。

地元の人も、僕らがニートだって知っているから、何かできるなんて期待しない。

だから地域を挙げて歓迎されることもなかった。

でも、疎《うと》ましく思われることもなかった。

都会で一流企業に勤めていたという人が、近くに引っ越してきたことが何度かあった。

でも、その全員が1年以内に都会に戻っていった。

細かい理由はそれぞれだけど、そういう人は成功してきた今までのやり方があって、それが地元の爺さん婆さんと合わなかったのかもしれないな、と思う。

ニートの場合、成功どころか、そもそも人生経験が乏しい。

何もわからないから、何でも地元の人に聞く。

実際、僕らは地元の人に頼りっぱなしだ。道具を貸してもらったり、おすそ分けをもらったり。

もらえるものは何でももらう。プライドなんかない。

意外とそういう姿勢が、孫のようで好感度が上がったのかもしれない。

爺さん婆さんにとっちゃ、僕らなんて赤子同然。

一方でニートなんて赤子そのもの。ご母堂から出たばっかりだ。

だから思いっきり甘えている。

でも、そうやって地元の人にお世話になっているうちに、この山暮らしに少しずつだけど、詳しくなっている。

先輩山奥ニートが、後輩山奥ニートに地元の人の受け売りを話していることがある。

そういうのを見ると、これが村の本来の姿なのかな、なんて思ったりする。

みんなニートなら戦争はなくなる

山奥ニートは一種のシェアハウスだ。

現在、住人は15人。年齢は10〜40代。

いつの間にか、こんなに増えていた。

今のところ、1人に1部屋、それぞれ個室がある。

まぁ、使っていない台所や、脱衣所や、床が抜けた部屋に住んでいる人もいるから、個室と呼んでいいのかは微妙なところだけど。

山奥ニートは3軒の建物に住んでいる。

住んでいる人数は以下の通り。

1．小学校の分校だった木造平屋に10人
2．そのすぐ隣の、職員宿舎だった2階建ての家に4人
3．同じ集落内に借りた一軒家に1人

1の建物は、小学校として使われていただけあって、かなり広い。リビングは40畳くらいあるのかな。10人以上で集まっても、十分くつろぐ余裕がある。

そこに、ごはんを食べるためのテーブルが2つに、こたつが2つに、ソファが3つ。部屋の北壁はキッチンになっている。

ここが山奥ニートのメインの場所。

誰かとしゃべりたいと思った山奥ニートたちは、ここに集まってテレビや映画を見たり、ゲームで遊んだりする。

東側から延びる廊下を挟んで、畳敷きの個室が7つ。

その奥には風呂とトイレ。トイレは小便器1つに、個室が2つ。

西側には広めの1部屋と、今は使ってない台所と風呂がある。

ここにもそれぞれ1人ずつ住んでいる。ニートにとって、部屋は布団を敷くス

ペースさえあればOK。立って半畳寝て1畳、それだけあれば十分さ。

ちなみにどんな部屋でも1ヶ月に払う家賃は変わらない。

というのも、ここに住む場合、家賃はゼロ円。無料だ。

東京でこの広さの家を借りたら、1ヶ月いくらするんだろう。場所によっては、百万円じゃ足りないかもしれない。家賃というのは一体なんなんだ。眠るためだけなのに、お金がかかる。これが人権侵害でなく、なんだと言うんだ。

家賃は収入の3分の1が妥当、なんて言葉を聞いたことがある。なんだそりゃ。つまり、労働時間の3分の1は、家賃を払うためにある。週5勤務なら、月曜と火曜は寝所の確保のためだけに働かなきゃいけない。

でも山奥ならタダ。

考えようによっちゃ、月に百万円の儲けがあるのと同じだ。

僕らはニートだけど、山奥に住むことによって、部分的には都会のセレブに似た生活を送っている。

物理的な広さは、そのまま精神的な余裕に繋がる。

都会はあんなに人と人との距離が近くて、どうしてみんな平気なのだろう。

電車に乗っていると、隣の人と体が密着する。

どんな人かも、何をしているかもわからない人なのに、体が触れ合う。

それに対して何も思わないのは、それが人間だと思っていないからだ。

隣にあるのは、ただの生温かい物体なんだって。

そうじゃなきゃ気持ち悪くてやってらんないよ。

ここでは人との適度な距離を保てる。

だから、ちゃんと他者を人間として認められるのかもしれない。

広いというのはそれだけで多大な可能性がある。

リビングに人が集まっていても、部屋の中で3つくらいのグループに分かれることができる。そうなると、自分が興味のある話をしているグループに入ることができる。そして、他のグループの話が面白そうだったら、そっちに鞍替えすることもできる。話すのに飽きたら、部屋の隅に行けばいい。

しゃべってもいいし、しゃべらなくてもいい。自分の加わりたい会話にだけ入る。

これがとても居心地がいい。

この感じは、ツイッターに似ていると思う。

タイムラインに流れる話題に乗ってもいいし、無視してもいい。

一度、東京の下町の、常連ばかりが集まっている喫茶店に入ってしまったことがあるけど、そこの雰囲気もよく似ていた。

適度な距離感がありながらも、危険を感じない空間だ。

グループという言葉を使ったけど、完全に固定化されているわけじゃない。グループというよりは、山奥の住人の間でいくつかの部活があるような感じに近い。たとえば、ゲームが好きな人が集まったゲーム部だったり、体を動かすのが好きな運動部だったり。

普段はその「部活」に参加しないけど、なんとなく参加したい気分の日だったり、特定の自分が好きなこととの場合はふらっと加わったりする。僕は運動は苦手だけど、卓球は得意だ。

そういった気まぐれは、いつも歓迎される。

誰しも、同好の士を増やしたいもんだ。

そんな感じの、ゆるい繫がりの中、みんな暮らしている。

ただ、仲が良い、と単純に言ってしまうのは少し違う気がする。

友達と呼べるほど、親しい間柄ではない。

住人から連帯保証人になってくれと頼まれたら、絶対なりたくない。

かといって、赤の他人ってほど警戒しているわけでもない。

ホッブズやルソーが言った「自然状態」って奴《やつ》に近いのかもしれない。みんなで一致団結して行動する必要が今のところないから、社会契約を結ぶ必要がない。

それぞれが自由な意思を持ち、自己で完結している。

法がないから、負担は平等ではないけど、その代わり争いもない。

ただ、自分が困らない範囲では、手を貸したいと皆思ってるんじゃないかな。誰かにやさしくしたら、自分の評判が上がってリターンが返ってくるかもしれないし。情けは人の為ならず、だ。

こういう「自然状態」は人間の心情が豊かになっていくにつれ、徐々に崩れていくものらしい。

僕らも、明文化されたルールはないけど、長く住んでいるにつれて暗黙の了解みたいなものは形成されてきた。

いくつか挙げてみると、こんな感じ。

・自分が使った食器はすぐに自分で洗う
・月に数回、夕食を作る
・半年に一度、全員で大掃除する
・集落の行事には参加する

他にもいくつかあるだろうけど、ぱっと思いつくのはこんなところ。

これらは誰かがそうしようと言ったわけではなく、自然発生的に、気がついたらみんながそうするようになっていた。

少人数のコミュニティなら、ルールをきっちり決めないほうがいいんじゃないかと思う。ルールを明文化してしまうと、それを守っているだけで義務を果たしたかのように思われてしまう。

山奥ではルールが曖昧な分、みんながある意味、遠慮している。この広い家に、無料で住めることを全員が多かれ少なかれ感謝しているんだと思う。家賃が無料なんだから、家事くらいして当然、そんな共通認識があるんじゃないかな。

　これは僕らが全員定職に就いていないから、というのもあると思う。

　仕事をしたら、それだけで疲れてしまって、他の人に気を回す余裕がなくなってしまう。

　実際、僕らもたまに仕事が舞い込んで、連日働きに出るときは、いつもよりギスギスした空気になる。

　ルールを決めないまま平和に暮らせているのは、僕らが暇だからなんだと思う。

　世界中の全員が暇だったら、戦争は起こらないんじゃないかな。

　最後にもうひとつ、喧嘩がほとんど起こらないもうひとつの理由として、僕はここが人里から離れた山奥であることが関係してるんじゃないかと思う。

　こんな辺鄙《へんぴ》な場所に来るというのは、やっぱり普通の感覚じゃない。

　僕らは赤の他人だけど、どこか共通する価値観を持っているんじゃないかと思う。

　それに、山奥ニートになるためには、通過儀礼もちゃんとある。

　どこかの民族は仲間の一員として認められるために、死の危険があるバンジージャンプをしなきゃならないらしい。

山奥ニートの家に来るためには、いつ終わるともしれない長い長い山道を通ってこなけりゃならない。

ここに来た人の多くは、よく言う。

「このままどこにも着かないんじゃないかと思った」って。

人智が及ばない森を抜けて、ここまで来るのは一種の臨死体験なんじゃないかと思う。

僕は今でも、最後のカーブを曲がったあと、我が家の赤い屋根が見えると、ほっとする。

ああ、よかった。まだあった。

遠くから見た僕らの家は、背後にこんもりと広がる山からしたら、本当に小さな存在だ。この山が身震いひとつしただけで、土砂と倒木の洪水に流されてしまう。

山奥に住んでいると、どうしても自然を意識せざるを得ない。

この自然という絶対に敵わない相手がいるから、山奥ニートの中では喧嘩がほとんど起こらないんじゃないか。そう思う。

山奥ニートの支出

「お金はどうしてるんですか？」

これが山奥でニートしてるって言うと返ってくる質問1位。

そして、答えるのが難しい質問1位でもある。

というのも、街で暮らす人と山で暮らす僕らでは、お金の捉《とら》え方が違う。

街に住む人にとって、お金は命に等しい。

お金がなければ、人間は生きていけないと思っている。

食事をするにも、眠るにも、遊ぶにも、お金がなければできないと思っている。

ところが山に住むと、別に生きるだけなら必ずお金が要《い》るってわけじゃないんだな、と気づく。

いざとなれば山には食べられるものがあるし、雨露をしのげる場所も見つけられるし、無料でできる遊びがたくさんある。

この認識が違うから、収入の話だけをしても納得してもらえないことが多い。

まずは、山奥ニートの支出について話そう。

1ヶ月1万8000円。

これさえあれば、この山奥で生きていける。

僕らは月にこの1人1万8000円を徴収して、それを食費、光熱費、通信費、その他すべてに充《あ》てている。

生きるだけだったら、これ以外のお金は要らない。

実際、僕はこの徴収のときくらいしか財布を使わないから、毎回どこに置いたか忘れかけていて焦る。

ただ現実には、この日本という国で暮らしていくには保険料や税金などかかるから、これよりはもう少し必要になる。

でも、収入が少なければ、保険料も税金もそれほどかからない。

僕の年収は約30万円。

だから、所得税はかからないし、健康保険も月に1500円程度。かなり痛い出費だけど、なんとか年金も健康保険も納められてる。

お菓子やお酒なんかの嗜好品も個人で買うことになっているから、そういったものが好きな人は自腹だ。

それでも、多めに見積もっても月に３万円もあれば余裕を持って暮らしていける。

日本のひとり暮らしの平均支出は、総務省統計局によると月に約16万円だそうだ（２０１８年家計調査より）。

いったい何にそんなにお金が必要なんだろう。

内訳を見てみると、まず住居費が２万２６４５円となっている。

前述した通り、僕らが住んでいる小学校廃校は無料で譲ってもらったものなので、この住居費は１円もかからない。

次に、交際費。他人との付き合いのために１万４８５７円を毎月支払っているらしい。飲み会やそのための交通費、贈り物など社会人は大変そうだ。

山奥にいる僕らは交遊費０円。寂しくなったときは、リビングに行けば誰かがいて、くだらない話ができる。

月平均支出額

	単身世帯※	山奥ニート
合計	162,833円	18,000円
食費	40,026円	9,000円
住居費	22,645円	0円
電気代	5,852円	4,147円
ガス代	3,104円	1,229円
上下水道料	2,142円	254円
交通費	14,626円	1,500円
通信費	6,911円	263円
交際費	14,857円	0円

※ 総務省統計局　2018年家計調査結果より

電気代についてはみんなパソコンやゲームをよくやるからか、単身者とあまり変わらない。基本料金は人数割りされているから、多少は安くなってるとは思うけど。

水道は山から湧き水を引っ張ってるから、ほとんど無料だ。汲み上げるモーターの電気代が少しだけ必要だ。蛇口をひねれば、天然のミネラルウォーターが出てくる。

不便な点は、大きな台風が来ると、水を汲み上げるホースが外れてしまうことだ。裏手の山に入って、ホースを直しに行かないといけない。

トイレは簡易水洗式だ。排泄物を水で流すが、下水道がないから定期的にバキュームカーを呼んで汲み取ってもらう。

住み始めたばかりのころ、ある日突然マンホールから汚物が溢《あふ》れ出してきたことがある。

みんな田舎に住んだことがなかったから、汲み取ってもらわなきゃいけないことを知らなかったんだ。

大急ぎで業者を呼んだんだけど、山奥すぎるから行けるのは３日後と言われた。

その間、あたりはひどい臭いで、僕はほとんど外に出なかった。

これ以上溢れさせるわけにはいかないから、便意を催すたびに畑まで行って出していた。

今は1年に1～2回バキュームカーを呼んでいる。山奥まで来てくれるのを考えると、安すぎて業者の人に申し訳ない。

田舎は都会に比べて交通費がかかるとよく言われる。実際どうなんだろう。

僕らは共用の車として軽トラックを1台持っている。

この他に個人で車を所持している人が3人いる。

買い物はこのどれかで行く。町に用事がある人は同乗して買い物を手伝う。

町までのガソリン代は往復で８００円程度だ。

山奥にひとりで暮らしていたら、これが大きな負担になるかもしれない。

僕らは15人で暮らしてるから、買い物のためのガソリン代は全員で割ることになる。だから、都会と比べて交通費が高いって感じたことはない。

そもそも、僕は1ヶ月の間山奥から一度も出ないこともよくある。

ニートには出かける用事なんてないのだ。

＊

山奥で１ヶ月に徴収する１万８０００円のうち、半分の９０００円を食費に充てている。

単身者の月平均の食費が４万円だって？　毎日キャビアやフォアグラを食べてるんだろうか。

これと比べると、僕らがよっぽど貧しい暮らしを送ってるみたいじゃないか。

僕らの食事はすべてが自炊だ。

だから、都会の単身者よりは体にいい食事をしてるんじゃないかな、と思う。

もっとも、肉も野菜も町まで降りて、スーパーで買ったものがほとんどだ。

少しは畑をしてるけど、15人分の食材を賄《まかな》うには全然足りない。

町への買い出しは、週に１回ほど。

15人が１週間食べる分の食料を、一度に買ってくる。

カート２台、カゴ山盛りの食材を毎回買っていく僕らは、店員さんからきっと飲食店の仕入れに来てると思われているだろうな。

お米は知り合いから安く譲ってもらう。

地域の人から食材をもらうこともよくある。野菜なんかは、好きに採っていっていいと言われる。遠慮してなかなか採らないでいると、逆に怒られたりする。

山菜はもらっても調理法がわからずに、腐らせてしまうこともある。

これはニートとして許されざる行為だ。無料でもらえるものは最大限に活かす。これがニートとしての正しい道だ。

まぁあれこれ話したけど、結局のところ食費が安い一番の理由は、近くに飲食店がないから気まぐれに外食できないことだと思う。

仕事をしていたら、疲れて料理する気が起きないときもあるだろうけど、ニートには時間がある。共同生活をしていれば、自分が料理するのがだるいときも、他の人が作ったものを食べられる。

15人いるから、ひとりひとつ得意料理があれば、それを月に2度作るだけで毎日おいしいものが食べられることになる。

山奥の住人には、ここに来るまで料理をしたことがなかった人も多い。お米を初めて研《と》いだという人もいるくらいだ。

そういう人が、山奥に来て料理をするようになっていくのを見るのが僕は好きだ。

自分で料理できるようになると、食費が安く済むだけじゃない。

僕らニートに一番不足しがちな、自信という栄養素を摂取できるんだ。

自分が作ったおかずを、みんなが我先にと食べるのを見ると、自分にも存在価値があるんだと思える。

まぁ、そんな感傷に浸《ひた》ってると、いつの間にか自分の分のおかずがなくなってるんだけど。

＊

どうも山奥にいると、金銭感覚がおかしくなってくる。

なんせひとり暮らしの日本人の平均的な生活費に対して10分の１ほどのお金で生活している。

だから、僕らの金銭感覚は一般的な日本人とゼロがひとつ違う。

１０００円のものを買うときも、１万円のものを買うときと同じように悩む。

１万円のものは10万円。１００円のものを買うときだって、僕らにとっては１０００円だから、気軽な出費ではない。

この価値観に慣れてしまうと、お店に行ってもすべてが高く思えてしまう。

僕らの生活費は１日６００円だ。

６００円のお菓子を買うことで、ニートできる期間が１日少なくなるかもしれない。そう考えると、無駄遣いできなくなる。

結果、「別にお菓子なんか買わなくてもいいや。家に帰ったらごはん食べられるんだし」となる。

ちなみに、アーリーリタイア先として人気があるタイのひとりあたりの家計支出の平均は１ヶ月２万４６００円（Thailand Household Expenditure per Capita より）。

これは現地の人の生活費の平均なので、日本から移住した場合は基本的にこれより高くなるだろう。

物価の安い海外に移住するより、日本の山奥で暮らしたほうが安い。

英金融大手ＨＳＢＣホールディングスが２０１９年に発表した「働きたい国ランキング」では、日本は33ヶ国中32位だった。

日本は働くには大変な国だ。

収入は他国と比べて多いわけじゃないのに、どんな小さな仕事にも完璧が求められる。

でも、代わりに食べ物は安い。治安もいいし、インフラも今のところ整ってる。

なにより言葉が通じるってのは便利だ。

山奥は不便だけど、海外で言葉が通じないことはそれよりずっと不便だと思う。

わからないことがあっても、誰かに聞けばいい。

働きすぎなければ、日本はいい国だと思う。

山奥ニートの収入

必要なお金が少ないと、稼ぐ方法にもいろいろな選択肢がある。

月に20万稼げる仕事は限られてるけど、月に２～３万なら意外となんとかなるもんだ。

僕が山奥に来て最初にやったのは「花切り」だ。

これは山に分け入って、サカキやシキビなどの葉っぱを採ってきて売るというもの。

花を切るわけでもないのに、なぜ花切りと言うかは謎だ。たぶん昔は山の中に生えているきれいな花も一緒に採ったんじゃないかと思う。

よく神主が振っている葉っぱがサカキ、お墓にお供えしてある葉っぱがシキビだ（宗派によっては違うけど）。

村の人が花切りの親方を紹介してくれた。

親方の車に乗せてもらって、サカキなどが生えている山まで連れていってもらう。完全出来高制で、採れた分がそのまま給料になる明朗会計だ。確か１束２００円だったと思う。

慣れた人なら１日に１００束採るそうだ。

出来高制はニートの性に合っていて、やる気が出ずにだらだらしていても一切怒られない。逆に気合を入れて頑張れば、それだけの成果が出る。

車道から山に入っていくのは、本来入っちゃいけないところに入っているようでドキドキする。道はアスファルトで舗装されたものだけじゃない。山の中にはうっすらとした獣道がたくさんあるんだと知った。ゲームのバグを利用して、壁の中を進んでいるような気分だった。

山の中は驚くほど静かで、自分が枯れ葉を踏む音しかしない。頭上の枝が風でたわんでざわついているときも、自分の立っているところは無風だ。木に守られているような気がした。

最初のうちは葉っぱの見分けがつかなかったけど、慣れてくると遠くからでも葉のツヤでわかるようになる。

売り物にする葉っぱは汚れや傷がなく、完璧にきれいじゃないといけない。状態の良い葉っぱがたくさんあるスポットはなかなかなくて、なんとなくの勘が頼りだ。

ゲーム感覚でできる楽しい仕事なんだけど、調子に乗って他の人が見えないところまで離れると、途端にどっちが山の上か下かわからなくなる。

そういうときは声だけが頼りだ。

方向音痴の僕は、一瞬迷うだけで絶望的な思いをすることになる。

それに朝があまりにも早いのでだんだん行かなくなってしまった。

あまり一生懸命にやらない僕でも30束は採れたので、続ければなかなかいい収入になったのかもしれない。

僕は行かなくなったけど、他の住人が今でも続けている。

＊

僕が住んでいるのは和歌山県。紀州梅が名産品で、梅農家さんがたくさんいる。近くの集落にも梅農家をやっている人がいて、そこで梅の収穫を手伝うことになった。

時給は１０００円。このあたりにしてはなかなかのものだ。熟練者は時給１５００円もらえるらしい。梅採りをすれば家が建ったという時代もあったそうだ。

梅採りの朝は早い。

夜明け前の５時から仕事開始だ。

薄暗い中、産毛が生えた青梅を背中のカゴにやさしく入れていく。

一回でも落とした梅は、もうアウト。時間が経つと色が悪くなってしまう。僕らが扱ったのは梅酒やケーキのデコレーションに使われる高級品だ。傷物は許されない。

脚立に登って梅の枝から顔を出すと、ちょうど朝日が昇ってくる。

朝露に濡れた梅は爽やかな香りがした。

青梅はかつて「青いダイヤモンド」と呼ばれて高値で取引されたそうだ。

今ではそのときより価格はずいぶん下がったそうだけど、まんまるで青緑色をした青梅は確かに宝石のようにきれいだった。

休憩のたびに、梅農家の爺さんは袋詰のパンを勧めてくれる。

マーガリンの入ったロールパン。なんでそんなにパンを食べさせたがるのかはわからない。どうも爺さん婆さんは、若者にパンを食べさせるのが好きらしい。

晴れた日は気持ちがいいけど、問題は雨の日だ。

ここの梅農家さんは青梅だけを出荷しているので、雨で地面に落ちてしまった梅は売り物にならない。レインコートを着て、ずぶ濡れになりながら収穫する。汗と水滴でサウナスーツを着ているようだ。

市場が午後3時に閉まってしまうので、それまでに選果作業を終わらせなくちゃいけない。

機械の上に広げた梅の中から、傷物を取り除いていく。

時間との戦いだ。大慌てで軽トラに詰め込んで、いってらっしゃい！

梅採りのバイトは6月から7月の短い期間だけだ。

今でもたまに手伝わせてもらっている。

＊

ここ数年は、夏になると同じ地域のキャンプ場から声がかかるようになった。お客さんが泊まったバンガローの掃除が主な仕事だ。

僕たちが住んでいるところほどじゃないけど、キャンプ場も町から離れている。他に若者はいない。

日によって何人行くかの人数調整もできる山奥ニートたちは重宝されている。キャンプ場は夏しかオープンしないけど、働きたくないニートにとっては期間限定がちょうどいい。

知り合いの温泉旅館に泊まり込みで働きに行く山奥ニートもいる。

正月やゴールデンウィークなど、連休が近づいたときだけ人手が必要になるので、そのときだけ出稼ぎに行く。由緒正しい旅館で、皇族御用達だそうだ。山奥ニートが皇族の泊まる部屋を準備していると思うと、なんだか面白い。

書き起こしの仕事を知り合いのツテで紹介してもらったことがある。

インターネット配信の動画を見て、話していることを文字に起こしていく。チャットで自分がやりたい分を自己申告して、書き起こしたファイルを送信。後日給料が振り込まれる。部屋から一歩も出ずに、暇なときいつでもできる仕事だ。

山奥にいる大人数で割り振れば、安定して仕事になりそうだったけど、意外とタイピングが得意な人が少なくて僕が個人的にやるだけだった。

＊

結局、今の僕の主な収入はブログの広告収入だ。月に数千円なら、そんなに更新頻度が高くなくても入ってくる。サボりすぎると赤字になる月もあるけど、いかにもお金目的にやっているブログは嫌いだから気楽にやっている。

なにしろ、ブログがダメでも山奥には稼げそうなことがたくさんある。

近いうちに苔の販売をやってみたい。

山に行けばどこにでも生えているから、元手はタダ（地権者への許可取りは必要だけど）。

鮮やかな黄緑色をしていて、もこもこしたフォルムがかわいいから、けっこう売れると思う。熊野古道も近いから、外国人にも人気がありそうだ。

場所によって生えている種類が違って、トゲトゲしたものや、霞《かすみ》がかかったような色合いのものなどそれぞれ違う味わいがあって良い。

元手がタダなものは、他にも川に流れ着く流木を売るという手がある。

ただし、いい形の流木は探してみると意外と見つからない。アクアリウム用にするならアク抜きをしないと水槽が黄ばんでしまうらしく、手間がかかりそうだ。それでも、ものによっては10万円以上するから侮《あなど》れない。

もし電化製品などに強いなら、集落の便利屋としても稼げそうだ。

壊れた機械を直せる人は重宝される。直せずとも、村の人が電化製品を買うときにどんなものがいいか調べてあげるだけでもとても感謝される。ネット通販を使って、町の電器屋より安い値段で買ってあげれば、差額分をもらえるかもしれない。

運転免許があれば、村の人の買い物代行や、運転代行もできる。

うちの周りの川は鮎を目当てにした釣り客が多いので、そういう人に温かい飲み物を売る商売もできるだろう。自分で淹《い》れた珈琲などを売るには保健所の許可が必要だけど、缶飲料をそのまま販売するのなら無許可でできる。

他には、近くにある別荘に持ち主が遊びに来る前に、水道や電気が無事か確かめる仕事なんてのもある。

「みんなと一緒に仕事をして、迷惑かけたくない」という理由でコンビニバイトをしていた住人もいた。コンビニまで車で山道を往復2時間。彼は原付で通っていた。大変そうだけど、通勤に時間がかかっても満員電車に押し込まれてるわけじゃない。山道をひとりでドライブするのは彼にとって散歩のようなものらしく、通勤を楽しんでたみたいだ。

もちろんたくさんある耕作放棄地を借りて、農作物を作って売ってもいい。

僕は詳しくないけど、株取引や暗号通貨でもお金は作れるんだろう。

田舎は仕事が少ないと言われるけど、年間を通じて月20万もらえる仕事が少ないだけだ。期間限定だったり、単発の仕事はけっこうある。

15人で住んでいる今でも、仕事が多すぎて断ることがあるくらいだ。

過疎集落では、若いというだけで貴重な人材だ。

どうせ都会のもやしっ子だと思われているので、スキルは期待されてない。

実際に山奥ニートがやったもの

- しいたけの菌打ち
- 林業の手伝い
- 測量のバイト
- 梅の収穫、選別
- 柚子《ゆず》の収穫、加工
- 花切り
- 文字起こし
- 地域の直売所のレジ
- キャンプ場のバイト
- 旅館に住み込み
- 害獣駆除の報奨金
- ブログ広告
- 動画広告
- 雪かき
- 台風後の片付け
- 山に生えている花を売る
- レンタルボートの管理

やってみたら稼げそうなもの

- 苔販売
- 流木販売
- 村の便利屋
- 釣り客に珈琲とか
- 村の人の買い物代行、運転代行
- アフィリエイト
- 株、暗号通貨
- 農業
- 村の人向けの教室（ヨガとか）
- マッサージ
- ネット通販代理
- YouTuber
- 漫画家、小説家
- リモートワーク

遊びに来た孫が手伝ってくれているという感覚の人が多く、まるで仕事をしている気がしない。休憩も多い。

考える暇もないくらいに忙しい街のアルバイトとは、まったく別物だ。

自然の恵み

僕の収入はとても少ない。

年収にしたら、30万程度なんじゃないかと思う。

だけど、貧乏だとは感じない。

山奥には無料の食べ物がたくさんあるからだ。

限界集落である僕らの家の周りには、耕作放棄地がたくさんある。

僕らがここに越してきたとき、自由に使っていいと言われたのは、楽にサッカーコートが３つ作れるほど広い敷地だった。

情けないことに、僕らが今実際に畑として有効利用できているのは、そのうちのほんの一部。５×５ｍほどの範囲に収まる。

本当はもっと大々的に開拓して、農業として収入を得るべきなんだろうけど、誰もやろうとしない。何人かが挑戦してみたようだったけど、すぐにやめてしまった。

ニートに本格的な農業は難しい。

とは言え、家庭菜園レベルなら、そう難しいことじゃない。

人類が誕生してから２００万年。その間に品種改良された野菜は、楽においしくできるようになっている。ナスやプチトマトなんかは、驚くほど簡単に実ができる。

初夏の季節には、山奥ニートの有志を数人集めて、畑を耕す。

普段体を動かさないニートがクワを振るうと、とてもしんどい。

僕は山奥ニートの中でも、自他ともに認める一番使えない奴。すぐ体力が尽きて、結局やるのは最初の1時間だけ。

あとは周りでうろうろ写真を撮ったり、蝶を追いかけたりしている。ごめんなさい。いやいや、記録を取るのも立派な仕事なんです。

しんどいけど、何人か集まってしゃべりながらやるのは、けっこう楽しい。

農作業をやるときは、スピーカーを設置して、みんなの好きな歌を流す。

喉が渇くと、畑の脇に植わっている夏みかんをもぎって、果汁をちゅうちゅう吸う。

それでも、最後はみんなへろへろになって「今日はもう十分やった」と誰に言い聞かせているのか、口々に言いながら作業を終える。

もしひとりでこの作業をやらなきゃいけないんだったら、僕は山奥に住むのを諦める。

山奥でひとりで暮らすほどのたくましさは、僕にはない。

ただのニートが山奥で暮らせているのは、仲間がいるからだ。

今一度、その点を強調しておきたい。

まぁ、こんな作業をするのは年に数回だけ。

基本的に、畑の雑草は伸び放題、殺虫剤も撒《ま》かない、ほとんど水やりもしない。

それでも、夏にはぱつんと弾けそうな真っ赤なトマトや、自分の顔が映るほどツヤがあるナスができる。

〝自然農法〟ってのがあるらしいけど、もしかしたらそれに近いのかもしれないが僕は農業についてまったくの無知なので、よくわからない。

ただ、何年かやっているうちに、だんだんとわかってくることもある。

こういう適当なやり方で上手くいくのは、トマト、きゅうり、ナス、それにピーマンやししとうなどトウガラシの仲間だけみたいだ。

他の野菜は、虫食いがひどくて食べられたもんじゃない。

葉物野菜なんかは、葉脈だけ残して食われてしまう。まるで植物の骸骨だ。

たぶん、あの畑にいる虫の好みなんだと思う。

冬に育てる、にんじんや大根は虫の被害に遭いにくいけど、これはちゃんと肥料をあとから追加しないと大きく育たない。

寒いときに、わざわざ畑に出向こうって気持ちにならないので、毎年放っておかれて、ひょろひょろの情けない根菜が収穫される。

それに、大きな根菜を作るには、畑を深く耕さなきゃならないので、大きな耕運機がなきゃ無理かもなー、なんて僕らは話している。

一番良いのは、やっぱりじゃがいも。

どれだけ雑に作っても、掘り出せばほら、毎回どっさり芋が採れる。

去年植えた種芋は腐りかけていて、今回ばかりはダメかと思ったが、たくましいもんで、ちゃんと育ってくれた。

ただ、山なかでこうした農作物を作る場合、ひとつ他の場所とは違う問題がある。

それは獣害。

シカやイノシシたちは、常に僕らの畑を狙っている。

日が沈めば、この土地は人間のものではない。

僕らの家の玄関のすぐ前まで4～5頭の群れがやってきて、走り回る。

柵で囲われていない畑は、シカやイノシシにとって最高の食堂だ。

悔しいけど、何度も被害に遭っている。

たとえ、隙なく囲ったつもりでも、強風や雑草の成長でガードが緩んで、そこから侵入される。

あいつらは、一本まるごと食べずに、自分たちが食べやすい高さの部分だけを食べる。

だから、シカの被害に遭った畑は、まるで芝刈り機を使ったかのように、一定の高さに切り揃えられている。

そうして、シカに一部でも食いちぎられた葉は、唾液のせいでそこから腐って全部がダメになってしまう。

ちゃんと残さず食べるなら、少しくらい分けてあげてもいいのに！

本来、野菜を作るために必要なお金なんて、種代と肥料代だけのはずなのに、柵の材料費が加わると、とたんに経費は膨れ上がる。

僕らは集落の人から使わなくなった柵をもらったり、廃材を組み合わせたりして工夫しているけど、やっぱり防御力は落ちる。

まぁでも、これだけ近くまでシカやイノシシがやってくるのは、考えようによっちゃチャンスでもある。

だって、無料で食べられる肉が、そのへんを歩いているのだ。

山奥ニートの何人かは、罠《わな》の狩猟免許を取った。

若い猟師は、集落の人にも喜ばれる。シカは集落共通の敵だ。

昔はどの集落にもひとりは猟師がいたそうだ。

統計を見ると、１９７５年に約47万人いた60歳未満の若い猟師は、２０１５年には約7万人台になった（環境省「年齢別狩猟免許所持者数」より）。罠の狩猟免許は案外簡単に取れるらしく、うちの住人はみんな一夜漬けで合格していた。

曰《いわ》く、原付の免許と同じくらいの難しさ、らしい。

高齢化で猟師を引退する人が多いので、罠を譲ってもらうこともよくある。

ワイヤーを使った簡単なくくり罠でさえ、ひとつ５０００円以上するので、ありがたい。

鉄製の箱罠も、もう何年も貸してもらったままだ。

捕まえた獲物を捌《さば》くためのナイフもたくさんの種類を譲ってもらった。でも、狩猟免許を取った人はみんなマイ・ナイフを買う。

まぁ、気持ちはわかる。なんか格好いいもんね。

街なかのナイフは部屋で眺めるしか使いみちがないけど、山奥では実用的な道具だ。自分たちの畑を守るための武器だ。

地域の猟師さんはカッターナイフを使ってるけどね。

切れ味が落ちても、すぐ刃を替えられるから便利らしい。

シカやイノシシが人里に現れるようになった理由にはいろいろな説があるけど、一番よく言われるのは「植林された杉だらけで、実をつける広葉樹が減って食べ物を求めて人里に来るようになった」というものだ。

集落の人もよく言っている。昔はもっと山から山菜やきのこが採れた。今の山は貧しくなった。

僕は山奥に来たばかりだから、比べることはできない。

でも、杉が垂直に立ち並ぶ山は、どう見ても自然物には見えない。それよりは、大きな建築物のように見える。これはこれで美しい、と思う。

僕みたいな素人では、この植林された森の中で自生する山菜を見つけるのは難しい。

だけど、集落の周りには食べられる植物がいくつも生えている。

きっと昔この集落に住んでいた人が植えたんだと思う。

大戦中の食べ物がないときに植えられたのか、それとももっと昔から飢《き》饉《きん》に備えて植えられているのか。

わからないけど、今じゃこれを採って食べる人はほとんどいない。

集落の人も、旬を感じるためにゼンマイや松茸《まつたけ》を採って食べるけど、それ以外の食べられる野草にはあまり興味がない。

僕が好きなのは、ユキノシタ。

集落の日当たりの悪い石垣を覆《おお》っている、丸い葉っぱの植物だ。

近づいてよく見ると、葉脈や茎は血のように赤くて、短い毛がびっしり生えている。

不気味な見た目だけど、食べるととってもおいしい。

薄く衣をつけて、カリッと揚げて天ぷらにする。

葉っぱなのに、モチモチとした不思議な食感をしている。

山菜らしいクセがまったくないうえ、アク抜きなどの下ごしらえも一切要らない。

この楽さがニートにとっては一番大事な要素だ。

ゼンマイやセリもよく生えているけど、アクを抜いたり泥を落としたり、下処理が面倒だ。

半日かけて野草を食べるくらいなら、スーパーで１００～２００円の野菜を買ったほうがいい。

本当にお金に困ったら、なんだって食べるけど、今はまだいいかな。

僕らが食べるのは簡単に食べられる野草ばかり。

家の下からはスベリヒユが伸びてくる。

ピンク色の茎が特徴の、地面を這《は》うように生える多肉植物だ。

茎を茹《ゆ》でて刻むと、オクラのようなぬめりが出てくる。これをめんつゆと一緒にごはんにかけて食べるとうまい。

秋になれば栗、柿、柚子などたくさんの実りがある。

何十年も前に植えられたものだけど、今じゃ採る人がいない。

だから、猿がやってきて全部食べてしまう。

果実に惹かれて里へやってきた猿は、女性やお年寄りが近づいても、逃げずに逆に威嚇してくる。

これじゃご先祖様も浮かばれない。

猿が食べるくらいなら、我々ニートがありがたく食べさせてもらおう。感謝感謝。

この集落には、自然薯《じねんじょ》掘りの名人がいた。でも少し前に亡くなってしまった。

この集落は年々人が減っていく。技術が毎年、失われていく。

昔、自然薯や松茸が採れる場所は誰にも教えなかったそうだ。

でも、今はみんな教えてくれる。

高齢になった集落の人が採りに行くのはしんどいし、たくさん採っても自分だけじゃ食べ切れない。

今だけだ。

あと10年したら、先人たちが長い時間をかけて発見した知識は忘れ去られてしまう。

僕らにとって、門外不出の極意を教えてもらえる最後のチャンス。

人が少なくなった今だからこそ、山にはおいしい話が転がっている。

それらを集めたら、21世紀の今だからこそできる狩猟採集があるかもしれない。

文明の恵み

坂口恭平という人が著書『ゼロから始める都市型狩猟採集生活』で、森に自然の恵みがあるように、都市には都市の恵みがある、と言った。

それに倣《なら》えば、僕らも自然の恵みの他に、都市の恵み……いやもう少し広く、文明の恵みと呼ぶべきものを受け取っている。

文明がもたらすものは、大なり小なりお金を支払わなければ受け取ることができない、と思われている。

でも、中にはそうじゃない、稲穂に米が実るような、そんな恵みもある。

たとえば、山奥ニートの元にはよく支援物資が届く。

インターネットは世界の距離を大きく縮めた。

山奥の出来事を、全世界に向けてすぐに発信できる。

僕はブログを書いたり、ユーチューブで生放送したりしている。

ニートが集まって、山奥で暮らしている。それだけのことだけど、面白いと思ってくれる人がいくらかいて、応援してくれている。

今までにいろいろなものが送られてきた。

スパゲティ、DVDとそのプレイヤー、ボードゲーム、ウィンナー、電気ケトル、布団と毛布、大量のお菓子、服、本、漫画、電動ドライバー、草刈り機、などなど。とても書ききれない。

支援物資には僕が欲しいと言ったものもあるし、家に眠っていたものを送ってくれたものもある。

新しいものを買って送ってもらえるのはありがたいけど、ちょっと気が引ける。送り主が使ってないけど、僕らが欲しかったものが送られてくるのが一番嬉しい。

この現代社会、ものはすでに余っている。

たとえば、寝袋やテントなどのキャンプ用品。

使われていない、そして使う予定のないキャンプ用品を日本中から集めたら、数千個、もしかしたら数万個あるんじゃないかと思う。

それらを山奥に集めたら、何人が生活できるだろう。

服だってそうだ。僕はもう、一生服を買わなくてもいいんじゃないかと思っている。

サイズが合わなくなった服を山奥に送ってもらって、ストックしておいて、山奥ニートが好きに選んで着る。そんなことができれば、働いてお金を稼ぐ理由がひとつ減る。

大量生産、大量消費の世の中。そのペースは衰えることを知らない。

今この瞬間も、新しい商品が作られている。

ということは、その分、古くなったものは捨てられる。

その捨てられるものだって、まだ使えるものが多い。

たとえば、僕らの家では今でもニンテンドー64が現役だ。

発売から20年以上経つけど、今遊んでも十分面白い。

これを今の最先端のゲームだと思いこんで、遊んでみる。

古くなったゲームは遊ぶ人が少ないから、安く手に入る。

コントローラーのボタンが壊れたから、ネットで譲ってくれるようお願いしたら、すぐにたくさん送ってもらえた。おまけにソフトも同梱されていた。

最新のゲームソフトが無料で送られてくることは、まずありえない。でも、古いものだったらそれがありえる。

時間軸をずらすことによって、対価が必要な商品から無償で受け取れる恵みに変わる。

最新のゲームはグラフィックがきれいだし、システムも進化していて面白いだろう。でも、最新のゲームを遊ぶ一番の価値は、その楽しさを共有する相手が多いことにある。

集まって住んでいれば、昔のゲームでも楽しさを共有できる。

広告は最新のものを買えと呼びかけてくるけど、山奥ならそれを目にすることもない。

もちろん型落ちだからと言って、すべてが安くなるわけじゃない。中には何年経っても安くならないものもある。

そもそも、支援物資だって、もらえるかどうかは不安定だ。欲しいと言ったものが必ずもらえるわけじゃない。送ってくれる人がいて、初めて成立する。

自然の恵みも、文明の恵みも、不作なことがある。

恵みだけに依存してはいけない。

恵みを受け取れるかどうかは、天の思《おぼ》し召《め》し次第だ。

大昔、人々が神に祈って雨を待つしかなかったように、僕もブログを更新して、

〝神〟が現れるのを待つ。
恵まれないときは、そのときだ。
というか、得られないのが当たり前だから、恵みなのだ。
だから、それが得られたときには感謝を忘れてはいけない。
自然に感謝。文明に感謝。
本日も生存させていただき、ありがとうございます。
どうか次も、恵みをください。
そのために、今日も祈りを捧げます。

200人の見学者

田舎にいると、新しい人と出会う機会が少なくなる。

ずっと同じ面子《メンツ》でいると、だんだんと人間関係が固定されてコミュニティの空気が淀《よど》んでくる。そうなると、ムラ社会化していく。

排他的になるし、序列が固定化されるし、しきたりを破った者は制裁されるようになる。

僕らの山奥では、それを回避するために、外からの見学者を受け付けている。見学者は施設使用料を払えば、2週間まで滞在できる。旅館じゃないから、身の回りのことは全部自分でやってもらう。その代わり、料金は最低限だ。儲けはない。

今までに、だいたい200人がこんな山奥に見学しに来ている。

見学の目的はさまざまだ。

単に興味本位で遊びに来る人、ここに住むため下見に来る人、シェアハウスを作る参考のために来る人、休職中で癒やしを求めてくる人などなど。

ありがたいことに、外からやってくる人はいろんなお土産を持ってきてくれる。山奥にいながら全国各地の銘菓を食べさせてもらった。

自炊ばかりだから、珍しい味はそれだけで面白い。

お酒を持ってきてくれる人もいる。ゴールデンウィークやお盆などの連休は毎日酒盛りだ。

都市で暮らしていたら絶対に合わなかった人にも、山奥にいることで会えた。

沖縄でゲストハウスを経営している人、ここを取材したいという映像作家、M-1出場者、億万長者、作家、自称魔女。

外から来た人が多い日は、ここが山奥だとはとても思えない。

都会のいいところって、思いもよらない出会いがあることじゃないかな。

だから、そんなときはここがどんな街よりも都会に思える。

見学者同士で仲良くなって、その後も連絡を取り続けることもあるみたいだ。

ここに来る人は、ある程度下地に共通の価値観があるからきっと話しやすいんだと思う。

もし人と会いたくない気分なら、部屋から出なければいい。

ここにいるには、外から来た人と話す権利があるのと同時に、愛想を悪くする権利を持っている。

ここは、旅館でもお店でもないんだから。

でも、テレビや雑誌に取り上げられると数ヶ月後にワッと一斉に見学者が押し寄せる。

ただのニートの家なんだけどな。

この場所をよくわかってない人が来ると面倒くさい。

以前、ここをライダーズハウスだと思って来たおじさんがいた。

その日の晩ごはんはたこ焼きだったんだけど、「晩ごはんにたこ焼きなんか食えるか！」と怒って部屋から出てこなかったらしい。

別にいいと思うんだけどな、晩ごはんにたこ焼き。

ここまでひどい人は他にない。

この場所はとんでもなく不便な場所にあるから、生半可《なまはんか》な覚悟じゃ辿《たど》り着けない。

だから、ここに来るほとんどの人は、しっかり前調べして来てくれる。

それでも、最近はあまりに人が来すぎて疲れてしまうから、毎月1〜15日だけ見学者を受け入れて、残りの16〜31日は泊まりの見学は断ることにした。

だから、月の半分は静かな山奥だ。

自分は一歩も動いてないのに、喧騒と安静を繰り返している。

単調になりがちな山奥暮らしの、良いスパイスだ。

怪我や災害どうするの

僕らが住んでいる地域、紀伊半島はちょうど台風の通り道になる。

今年も大きな台風が何度か来た。

僕はちょうどそのとき、旅に出ていて山奥にはいなかったんだけど、聞くところによると大きな被害を受けたらしい。

この山奥と町を繋ぐ道は2本ある。その片方は激しい風によって倒木で塞《ふさ》がれ、もう片方は道路の下の土が根こそぎ流れてアスファルトが宙に浮いている状態になった。

倒木が取り除かれるまでの4日間、ここは陸の孤島と化した。

交通だけでなく、電気も水道も止まった。

「それってめちゃくちゃ大変だったんじゃないの」と聞いたら、みんなは「大変だったけど楽しかった」と答えた。

お風呂や洗濯ができないから、川に入って水遊びしながら服を洗ったらしい。

電気がなくてテレビもゲームもできないから、電源が要らないボードゲームでずっと遊んでいたそうだ。

10人以上の人数で集まっていると、災害もイベントのひとつになってしまうのかもしれない。

僕自身、これだけの人数がいれば、だいたいのことはなんとかなる気がしている。

ここに住んできた人は、昔からなんとかしてきたのだ。

都会が災害の被害を受けたときの報道を見ていると、帰宅難民が出たり、商品の買い占めがあったりとかえって山奥より大変そうに見える。

洗濯物を手で洗ったり、焚《た》き火をおこして料理したりといったことは、本来当たり前のことなんだ。でも、文明のおかげで普段やらずに済んでいるだけ。

山奥に住んでいると、いつもは楽してるんだし、少しくらいの間は仕方ないか、と自然と思える。ずっとは嫌だけどね。

だって、自然にはどうしたって敵わないと思うから。

僕らの家の裏山は、誰も手入れをしていない細い杉が立ち並んでいる。
大雨や地震によって土砂が崩れたら、僕らの家はまるごと埋もれてしまうだろう。

でも、なんかもう、それはしょうがないことだと思っている。
生きてりゃ死ぬこともあるだろうし、世の中死ぬ原因なんて無数にある。
ひとつ危険なことに対策したら、次に危険なことが気になるようになる。
生き物って心配するようにできている。
というか、心配できる生き物だけが生き残ってきた。
だけどその本能って、現代社会で生きるのに邪魔なこともあるんじゃないかな。
今の発展した文明の中では、死の危険性は野生よりずっと少なくなった。
だけど、僕らの脳は野生のときと同じように、危険がないか常に気を張っている。
そのせいでストレスを溜めているところもあるんじゃないか。
知らぬが仏。
少しくらい抜けてるほうがこの世の中では生きやすい。

それに、どうせいつかはみんな死ぬ。

がんで死ぬか、交通事故で死ぬか。みなさんは何で死にたいですか。

僕は災害で死ぬのはけっこう悪くない死に方なんじゃないかと思ってる。

自然は思い通りにならないもので、それが当たり前。

天の思し召しで死ぬなら、死ぬ瞬間に「まぁ、しょうがないか」と諦めがつく気がするからだ。

実際のところは死んだ人に聞くしかないから、わからないけど。本当はすごく後悔しつつ死ぬのかもしれない。

だけど僕は、いろんな保険をかけて長生きするよりも、若くして死んでも悔いが残らないようにやりたいことをやる生き方をしたい。

*

災害は起こる確率が少ないのもあって切り捨てているけど、怪我や病気はもっと頻繁に起きる。

ここに住んでいて、住人が重い怪我や病気になったことが今までで3回ある。

家に帰る途中バイクで転んで骨折した人、獲《と》った魚や山菜の天ぷらばかり食べていたらひどくお腹を壊して入院した人、謎の虫に足を刺されて水ぶくれが野球ボールくらいに膨れて救急車を呼んだ人。どれもみんなで協力して車で病院まで送ったり、服を持っていったりしてなんとかなった。

診療所は車で30分行ったところにある。診療時間は限られているけど、通院が必要な人も自分で足を確保できれば問題なさそうだ。

そもそも周りに住んでいるのは高齢者ばかり。僕らよりずっと病院を利用する。その人たちがここに住めている以上、ちょっとやそっとの病気や怪我ならこの暮らしは続けられるはずだと思う。

だいたい、病気のほとんどの原因は仕事なんじゃないかと思う。

山奥に住み始めてすぐのこと。梅農家さんに梅拾いの手伝いを頼まれた。

収入のところで話した梅農家さんは青梅を出荷していたけど、ここでは熟して地面に落ちた梅を拾って、その日のうちに梅干しとして漬ける。

重いコンテナを持ち上げる必要があって、かなりの重労働だった。

なんとか最終日の手伝いが終わった次の日、朝起きると腰に激痛が走った。起き上がろうとしても無理。痛い痛い痛い。

ゆっくり這って車に乗って、他の山奥ニートに病院まで送ってもらった。

お医者さんからは「そのお仕事はこれからもありますか？」と聞かれた。

もう終わったので行きません、と答えると「それなら安静にしていれば大丈夫です」と言われて薬も出してもらえなかった。

もしあのとき、次の日も仕事だったら痛み止めを飲みつつ、また重いものを運ばなきゃいけなかったんだろう。

だいたいの怪我や病気は仕事で無理しなけりゃ治る。

ストレスだって万病の元だ。

原因が心因だってはっきり証明することはできないけど、大きなストレスにさらされ続けると免疫力が低下するのは周知の事実。

仕事に追われて、病院に行く暇すらない生活をしているより、お金はなくとも時間がたくさんあってのんびりしてるニートのほうが絶対に健康的だと思う。

山奥でニートしてるって人に言うと、みんな僕が将来病気になったときのことを心配する。だけど、働くことで病気になるリスクを増やして、病気に備えるのは本末転倒なんじゃないだろうか。

田舎に住んでいる高齢者は認知症になりにくいという。

自分が日々生活するために手と頭を動かさなきゃいけないからだ。

だけど、街にいる子どもの家に引っ越したとたん、認知症になる。

街にいると自分の役割がなくて、人の役に立つどころか迷惑をかけているのではないかと感じてしまうそうだ。

このあたりの爺さん婆さんはみんな元気で格好いい。簡単に人を頼ったりしない。自分ひとりで大概のことをやってしまう。

僕もあんな風になれたらいいな、と思う。

これから先の50年、何があるかなんて誰にもわからない。

年金制度が破綻するかもしれないし、円が暴落するかもしれない。

一番いい備えは、怪我や病気をしたときのために貯金することじゃなく、自分ができることを増やしていくことなんじゃないだろうか。

ここに住んでいると、どうもそう思えてならない。

追放の条件

山奥ニートはおおむね仲がいい。喧嘩することは滅多にないし、そもそも嫌なら無理に関わることもない。

全員で共同作業をすることがあるわけじゃないし、話したくない気分ならずっと部屋にひきこもっていればいい。

あらゆることが自分のペースでできるし、みんなが作るごはんはおいしいし、持ち寄った漫画やゲームがたくさんあって遊び尽くせないほどだ。

それでも山奥を去っていく人はいる。

ここに不満を感じて去っていくというよりは、就職が決まったり、家族の事情で実家に帰ったりすることがほとんどだ。

だけど、こちらから出ていってくれと言ったことがないわけじゃない。

そこまで言うのは2つのパターンだけだ。

ひとつ目はお金が払えなくなったパターン。共益費と食費を何ヶ月も滞納して払える見込みもなかったので出ていってもらった。

山奥ニートの生活費は月に１万８０００円。

この安い生活費を払えないのは、お金がないのではなく、支払いに対する優先順位が低いんだと思う。

本当にお金がないなら、生活保護を受けるべきだ。

お金がないって言う人ほど、趣味のものにはお金を使っていたりする。

ニートがニートを養うのは無理なので、こういう場合は出ていってもらう。

もうひとつは、暴力を振るうパターン。

ただ、これはなかなか微妙な問題だ。

殴った蹴ったというならわかりやすい。問答無用で出入り禁止だ。抵抗にあうかもしれないけど、こちらは10人以上。実力行使で負けることはたぶんない。みんなもやしっ子ばかりだから自信はないけど。

問題は、暴力とは何かってことだ。グーで殴るのは問答無用で暴力だとして、平手打ちは暴力と言っていいんだろうか。たとえばそれが浮気していた彼氏に彼女がした仕打ちでも。

少し前、喧嘩があった。山奥ニート同士で喧嘩になることは本当に珍しいことで、今まで数回しかない。

そのとき、激怒した一方が、相手の唇にチューをしたのだ。

ちなみに男同士だ。

普段から暴力を振るった人は追い出す、と言っている。

カッとなって手を上げそうになった彼は、残っていた理性で暴力じゃない方法で相手にダメージを与えようとしたんだろう。

同性に対する強引なキスは暴力に入るんだろうか……。

法的には暴力に入りそうだけど、この場合どうしたもんか。

２人の間に割って入りながら、うーん、微妙なラインついてくるなと妙に感心してしまった。その人は後日、別件であまりにも暴言がひどかったから、出ていってもらった。

何が暴力かの判定は難しい。

人を怒鳴りつけるのは？　言葉で傷つけるのは？　ものを投げつけるのは？

胸ぐらを摑《つか》むのは？

法律ですら、はっきりと決まっているわけじゃない。

結局のところ、今の山奥ニートの間では、僕を始めとした古参3人による独裁政治になっている。

何かを決めるときは（そんなこと、一年に一度あるかないかだけど）、3人で相談して決める。

シェアハウスは独裁制がいい、と思う。

国と違って、シェアハウスは合わなければ自由に他のシェアハウスに移ることができる。引っ越しが簡単なのは、シェアハウスの利点のひとつだ。

少人数での民主主義ってのは最悪だ。

それは、その場の雰囲気で物事が決まることを意味する。

十分な議論なんていつまで経ってもできないし、なんとなく誰にも責任が来ないような結論が選ばれる。

今はもう、僕と気が合う人だけが集まればいいと思っている。

多様性だの、グローバル化だの言われているけど、たくさんの種類の生き物を飼うには、小さな水槽をいくつも用意するのが一番だ。

大きな水槽ひとつだけだったら、大きな生き物が小さな生き物を全部食べてしまう。

僕らのような小さくて弱い生き物が生き残るには、自分と同じ種類の生き物同士で集まるのが一番いい。

そうすることで、自分の周りに集まった同じ種類の生き物たちも、気分良く過ごすことができる。

まぁこれは国や会社だったら、別の話になるんだろう。

僕らはニートで、嫌な人と無理に付き合う必要がないから、こんなことが言えるのだ。

今のところ、この方法は上手くいっていると言える。

僕ら3人とも、権力を使うのはとても慎重だ。

言い換えれば、あんまり他人に興味がない。

これは山奥ニートの大多数に言えることで、それゆえ仲良くなりすぎない、適度な距離感になっている。

部分的にあまりに仲が良くなると、他のそれほど仲が良くない人の陰口を叩《たた》き始めたりするんだろうけど、今のところはそういうことはないと思う。少なくとも僕の耳に入ってきたことはない。

まぁ隠れて言っているのかもしれないけど、悪口が陰で言われているならそれは健全だと思う。

そういえば、シェアハウスの運営の大先輩である、ギークハウス発起人のphaさんに聞いてみたことがある。

シェアハウスで起きたトラブルにはどう対処してるんですか、って。

返ってきたのはこんな答え。

「まぁ、殺し合いにならないなら、放っておけばいいいんじゃない」

うーん、ここまで達観できるのはすごい。

僕もあと10年続けたら、そんな境地に達するんだろうか……。

山奥って便利だ

山奥って便利だ。

ここでは無料でできる遊びがたくさんある。川で釣りをしたり水遊びしたり、森に入って散歩したり、庭でバーベキューしたりと思いつけば今すぐ無料でできることが多い。

都会だったら、どんな遊びでも一日何千円も必要になる。信じられないことに、都会では座って休むだけにもお金がかかる。喉が渇くたびに自販機やコンビニで水を買わなきゃいけない。

山奥では蛇口をひねれば沢から引いた清水が流れる。真夏でも冷たくって僕は他のどんな飲み物よりも好きだ。

それだけじゃない。

たとえば、みかんを食べ終わって皮を捨てるとき、森のほうへ放り投げればそれでおしまいだ。都会だったら、ゴミ箱を見つけるまで持ち続けるか、後ろ暗い気持ちを抱えてコンビニのゴミ箱に捨てるしかない。

少々大きめの音量で音楽を流しても、怒られることはまずない。逆に隣人の騒音を疎ましく思うこともない。せいぜいシカの甲高《かんだか》い鳴き声がするくらいだ。

山奥なら人が少ないから、おなら出し放題だ。ところ構わず出したいときに、プッと出せる。都会ではいつでも周りに人がいる。街なかに住んでる人は一体いつ屁《へ》をこいてるんだろう。屁意(尿意のおなら版)を感じるたびに、トイレに行くのかな。それとも、音を出さないよう訓練を積むんだろうか。都会の人は大変だ。

山奥に集まって住むと、山奥の「必ず自炊しなければいけない」だとか「刺激がなくて退屈」だとかのデメリットが打ち消される。

ひとりだったら、山奥は不便で暮らしていけなかったかもしれない。

僕が5年も山奥にいられたのは、一緒に住んでくれる人がいたからだ。

*

そもそも不便は悪いことだろうか。

「不便益」という言葉がある。

不便だからこそ、良いことがあるという考え方だ。

「若いときの苦労は買ってでもしろ」という話じゃない。山奥ニートがそんなこと言うわけないじゃないか。

たとえば、貯金箱。

蓋《ふた》を開けるだけで入れたお金を簡単に取り出せる貯金箱と、一旦お金を入れてしまったら割るまで出せない貯金箱、どちらがいいだろう。

蓋を開けられる貯金箱のほうが便利だ。割らなきゃ出せないほうは、間違えてお金入れてしまっても取り出せないし、一度割ってお金を出したら新しい貯金箱を買い直さないといけない。地球にもやさしくないね。

でも、お金が貯《た》まりやすいのは割らなきゃいけないほうだ。

蓋があったら少し欲しいものができるたびに、出して使って貯まらない。

蓋があるほうが便利なのに、不便なほうが目的には合っている。

これが不便益の考え方だ。

介護の世界では「バリアフリー」という言葉があるそうだ。

バリアフリーじゃない、バリアアリー。バリア、有り。

バリアアリーのデイサービス施設には、わざと長い階段や、段差が設けられている。スロープやエスカレーターをいつも使っていたら足の筋力が弱ってしまう。何の苦労もなく生活していたら、ボケだって進行していくだろう。

わざと不便さを残すことで、お年寄りが自分の力で生活できるように訓練している。

僕の住んでいる共生舎は住所を公開している。

遊びに来たければどうぞ、とも言っている。

普通インターネットに住所を公開したらヘンな奴が来るだろう。

でも今のところ、そんなにヤバい奴が来たことはない。

僕が思うに、その理由は山奥だからだ。ここに来るには相応の覚悟がいる。初めて来るほとんどの人は口を揃えて「想像以上に山奥でした」と言う。山の中では携帯電話だって繋がらないんだ。だからしっかりとした事前準備なしにはここに辿り着けない。

僕らはこの山に守られている。これも不便益だろう。

この集落には、未《いま》だに薪を割ってお風呂を沸かしてる人だっている。年金もらえるんだから、もっと便利な町に移り住めばいいのに。お湯なんてガスで一瞬で沸かせるし、スーパーも近くて便利だろう。

でもそうしない。山奥が好きなんだって。

逆も言える。苦労しないことが幸せじゃない。ニートは親の金で飯が食えて羨《うらや》ましいと言う人がいるけど、そんなことない。多くのニートは焦りとプレッシャーの中で戦っている。経験者の僕が言うんだから間違いない。

便利なことと、幸せなことは直接結びつかないんだ。

まったく関係ないわけじゃない。技術が進歩して便利になったおかげで幸せになったことはたくさんある。

でも、たまには不便なほうが良いことがある。

第2章

山奥ニート日記

ハロー、ヒューストン

ハロー、ヒューストン。通信、届いてますか。

「山奥」という名の惑星に着陸してから、１ヶ月が経ちました。

我々、乗組員２名はまだ生存しています。

ここには空気も水もあり、保護ヘルメットの必要はありません。

僕らはＴシャツと半ズボンで一日中過ごしています。

ここは人類が住むのに、問題ない環境だと言い切ることができます。

先日、食料を確保するために、裏の畑を耕して、じゃがいもを植えました。数ヶ月後には、芋が採れて、食糧問題は解決するはずです。

ここには我々以外の知的生命体が存在します。

コミュニケーションを試みたところ、どうやら日本語に似た言語を使うようです。しかし、半分くらいは何を言っているか不明なため、現在分析中です。また、ここに住む知的生命体の多くは聴覚が弱いため、普段の3倍の声で話さなければなりません。このことに気づいてから、交流はぐっと簡単になりました。

現地の知的生命体たちは、我々人類に大きな興味を持っており、大変親切です。たまに食料をくれることがあります。それらの食料は、地球では見たことがないものばかりです。

異常なまでに巨大化したしいたけ、瑞々《みずみず》しいたけのこ、この地を駆け回る野生動物の肉などです。驚くべきことに、そのどれもが、大変おいしいです。

これは仮説に過ぎませんが、我々の世界の食べ物はこの星から生まれたものなのかもしれません。そうだとすると、我々は本来ある姿のものを食べていることになります。

夜になれば、文明の灯《ともしび》などなく、真の暗闇が訪れます。

しかし、暗闇の中、風の音や水の音を聞いていると、不思議と懐かしいような、落ち着いた気分になります。この星に来たのは間違いなく初めてだと言うのに、です。

ホモサピエンスとしての本能が、この星の荒々しい原始的な気候と結びついて、我々にそう思わせるのでしょうか。

この星の開拓者として名乗り出る前の僕は、世の中に絶望して、世界の破滅を期待していました。

しかし、気づいたのです。世界が滅びなくても、自分が文明がない場所へ行けば、滅びたのも同じだと。

ここに人間は、僕ともうひとりの乗組員であるジョーくんしかいません。

サバイバルです。自分の持っているものをフル活用しないと生き残れないでしょう。

ジョーくん以外と話すには、こうして地球と交信する他ありません。

通信回路が生きていて、本当に良かった。

我々が拠点としている、この前文明の遺跡は、隙間風が吹いてきたり、小型の生物が無数に生息したりしている他は、悪くない場所です。

エネルギーが十分供給されているため、お湯を使うこともできますし、排泄も清潔に行えています。

しかし、トラブルはいくつかあります。たとえば、先週のことです。

リビングへ行ったとき、なんとなく視界が白くぼやけていると思ったら、トーストしすぎたパンから炎が上がっていました。ぼやけていると思ったのは、白煙のせいだったのです。火事には気をつけなければいけません。

このように、未熟な我々ですから、もしかしたらこのミッションは失敗に終わるかもしれません。

しかし、我々の犠牲もまた、人類の進歩への一歩だと思っています。

人類がフグを食べられるようになるまで、いったい何人の馬鹿者が死んできたのでしょうか。

我々の通信が途切れた場合は、どうかそれを見た人は他の誰かに伝えてほしい。

その部位は食べられない、毒がある。それがわかるだけで僕という生命が生きた価値があるのだと思います。

BBQまで1秒

思いつきでバーベキューしよう、となった。

誰が言い始めたのかはわからない。

この山奥ではよくあることだった。

天気はまさに五月晴れ。

あまりに天気が良くって、今夜の料理人を名乗り出る気にならなかった。

きっと、みんなも同じ気持ちだったんだろう。

先のゴールデンウィークに、元住人や常連のお客さんが来るたびに肉を持ってきてくれ、それを焼いていたから、今もまだバーベキューセットは庭に出しっぱなしだった。

炭もある。去年の夏にキャンプ場で働いたとき、捨てられていたのをもらってきた。

暑くもなく寒くもない。爽やかな風が吹く、外で何かをするにはうってつけの日だった。

冷蔵庫を覗《のぞ》いたけれど、急な話なので良い肉はない。なるべく安上がりに、でも皆の腹が膨れるように、１００ｇ49円の鶏肉の塊４kgを取り出して、解凍する。その間に肉を漬けておく調味液を作る。醤油、油、出汁《だし》などを手当たり次第に入れた。

大きなボウルに調味液と鶏肉を入れて、外へ持っていくと、すでに火はおこっていて、２〜３人が周りに落ちている木の枝や枯れ葉を燃やして遊んでいた。

網の上には、小さな魚が1匹のっていた。何かと聞けば、昼に川へ釣りに行って捕まえてきたものだと言う。たぶんアブラハヤだろう。罠なら1晩に５匹かかったことがある。だが、釣るとなると難しいらしい。いわゆる雑魚《ざこ》だけど、味はそんなに悪くない。

火が大きくなるのを待つ間に、住人が個人で買った安焼酎を飲んでよいと聞いたので、ご相伴《しょうばん》にあずかる。お腹がぽかぽか温かくなった。

ジョーくんがスピーカーを持ってきて、音楽が流れ始める。

鶏肉を切るのが面倒だったので、かなり大ぶりの身を網にのせる。火が通るか不安になって、あとでアルミホイルを上から被《かぶ》せることになった。

グループチャットに今日はバーベキューだと投稿されると、ずんずん人が集まってくる。鶏肉はまたたくまに住人たちの腹の中に消えていった。味付けはまぁまぁ上手くいったようだ。

スピーカーからは90年代のJポップが流れている。肉が焼ける香ばしい匂い。

ふと空を見ると、すごい夕焼けだった。

全天が鮮やかなオレンジ色に染まって、それを黒い山がゆるやかに縁取っていた。

僕はしばらく見惚《みと》れた。みんなに言おうかと思った。

すぐ思い直してやめた。

なんだか照れくさいし、「夕日なんてどうでもいいよ」となんて言われたら、今の気分が台無しになってしまう。

代わりに僕らは『ハンターハンター』で誰が一番強いかの話をした。

そうしていると、小学生の友達と遊んでいたときのことを思い出した。あのときは「帰ったらすぐ公園な」という曖昧な約束で集まっていた。

このバーベキューだって、何の準備もしていない。

街に住んでたら、メンバーの日程をすり合わせたり、買い出しに誰が行くか決めたり、場所を予約したり、配車を相談したり、前もってしっかり連絡を取り合う必要がある。

ニートの僕には明日の予定がない。

まるきり小学生のころと同じ遊び方をしている。

それを恥じるべきなんだろうか。僕には少し、それが誇らしく思えてしまう。

日が完全に沈んで、あたりが暗くなったころ、少し酔いすぎたのでリビングに戻ることにした。

すでにリビングには何人かが戻ってきていて、パズルゲームをしていた。

僕は隣にいたピエールに我慢できず、「夕焼けがすごかったんだ」と言った。

ピエールは「私も見てました」と言った。

僕はとても嬉しくなった。

川辺で文庫本を開く

山奥とはいえ、日中は暑い。

僕の部屋は日当たりがよく、窓も大きいから温室そのものだ。

パソコンに触ってるだけで、キーボードに接している手首に汗がべったり張りついてしまう。

リビングではクーラーを点《つ》けていることだろう。6人以上いるときのみ、動かしていいことになっている。

それはわかっているものの、今はなんとなく、人と話したくない気分だった。

川へ行こうと思った。

僕はひとりで川へ行っては2~3時間ぼんやりするのが好きだ。今日は文庫本を持っていく。前に読みたいと思った本が、リビングの本棚にあるのを見つけたのだ。僕と趣味が似ている誰かが買ってきたんだろう。

共生舎から坂を下り、町からさらに山奥へと続く車道を渡って、小さな崖を手をついて降り、杉林に着地する。履《は》いているサンダルが杉の落ち葉に飲み込まれそうになる。

木立《こだち》の向こうに、陽《ひ》を眩《まぶ》しいほど反射して輝く河原の白い岩が見えるとともに、激しい瀬音が聞こえてきた。この集落で一番大きくて力強い音だ。

この川へと至る近道は、うちの住人が去年あたりにせっせと砂を運んで作った。それまでは迂回《うかい》して獣道を通らなければいけなかった。

岩の背を飛び渡りながら、川べりに着く。

このあたりの川は不思議な色をしている。

遠くから見ると緑色だけど、近づくと水色に見えるのだ。

石灰が反応して、こうなるという話を聞いたことがあるけど、本当かどうかはわからない。

サンダルを脱いで、水に少しだけ足を浸す。冷たい。

持ってきたバスタオルを畳んで岩に敷く。こうしないとお尻がすぐに冷えてしまうし、僕のやわらかなお尻にゴツゴツした岩は少々厳しすぎる。

３６０度からクマゼミの、シャワーが勢いよく出るような音がする。

川の水は透き通っていて、底までくっきりと見えた。

探すまでもなく、10匹近くの小魚が泳いでるのを見つける。

見上げれば、緑の山々が囲む真っ青な空を、トンビがゆっくり弧を描いて飛んでいた。

持ってきた本を開く。

後ろの杉林からふわっと冷たい風が吹いてきた。

何ページか読んだあと、水に浸けている足がかすかにくすぐったく感じた。

なんだろうと思って見やると、５㎝ほどの小魚が僕の足をつついていた。ドクターフィッシュと呼ばれてるあの魚以外も食べに来るんだ。

後ろのほうで足音がした。

振り返ると、うちの住人であるジョーくんが、ひとりで浮き輪を抱えて川へ降りてきた。

本を読んでいる僕に気を遣ったのか、何も言わずに河原を上流へと歩いていった。

しばらくすると、浮き輪に乗ったジョーくんがゆっくりと流れてきた。

大自然の中をくるくると回転しながら、ガリガリに痩せた体が流れていくのは、まるで現代美術のようだった。

一瞬目が合って、互いに笑いをこらえながら、何も言わずに見送った。

浮き輪と彼は、そのまま見えなくなるほど遠くへ流されていった。

次に本から顔を上げたときには、クマゼミの声はヒグラシに変わっていた。日は少し傾いて、木漏れ日は黄金《こがね》色だった。

時計はないけど、そろそろ誰かが晩ごはんの準備を始める頃合いだろう。リビングに行ってみようかな。

山奥ニート、キレる

僕はのんきな性格で、めったに怒ることなんてない。
あとで同席していた人から「あんなこと言われて、よく怒らなかったですね」

と言われて初めて、そうか、ああいうときは怒るものなんだな、なんて考えたりする。

思い返せば、子どものときから怒りという感情を強く感じたことはなかった。

こう言い返せばよかったな、とあとから悔しく思うことはあっても、その場で殴りかかったり、ものに当たったり、大声を出したりといったことは一度もない。

僕は自分のことを怒らない人だと思っていたし、怒っている人を見るとなんでそんなに真剣に怒れるんだろうと不思議に思っていた。

ところが今日、僕は人を怒鳴りつけ、ものに当たらずにはいられなかった。

昨日の夜からなんとなく虫の居所が悪かった。理由はこれと言ってないんだけど、なんとなくカリカリしていて、ツイッターで少し棘《とげ》があることを言ったり、住人のブログのおかしなところを突っ込んだりしていた。イライラの理由を強《し》いて挙げれば、テレビの取材が思ったより急だったことかな。連絡が来たのが５日前で、今日ここへやってくるのが決まったのは３日前だった。でもまぁ、ニートだから別に不都合があるわけじゃない。

だけど今朝起きたときも機嫌が悪かった。いつも寝起きでボケていることはあれど、不機嫌になることなんてないのに。

朝6時、部屋から出た時点で、すでにテレビの人が来ていて、カメラを向けられた。僕は愛想なく「おはようございます」と言った。

早起きした理由は、今日がキャンプ場のアルバイトの日だったからだ。

本日の予定。午前中にキャンプ場アルバイト、午後に地域のお祭り、夜にお隣の潤さんと一緒に借りてきた映画を見るつもりだ。テレビの取材の人にもそう伝えていた。

僕はあんまりキャンプ場に行ってなかったんだけど、今日は軽トラを運転する仕事があるから「どうしても」と言われて行くことにした。お祭りは午後からなので、午前中は仕事しても十分間に合う。僕は他の住人と「お祭り楽しみだね」という話題を何度かしていた。アルバイトが午前中で終わることはホワイトボードに書いてあったし、僕が今日行くことになったときもお祭りに行けることを確認した。

バイト先へ出発するときに、お隣の潤さんに会った。お祭りにお店を出すので、14時に車で送ってほしいと言われた。もちろんＯＫ、今日は午前中で終わりだから一緒にお祭り行けますと答えた。

キャンプ場のアルバイトは僕とあと2人の住人で行った。2人とも最近来た子で、今いる中では一番若い子と二番目に若い子だった。

バイト先のキャンプ場に着いて、スタッフのおばちゃんに言われたのは「今日終わりは15時ね」だった。

僕は驚いた！

午前に終わるって聞いたし、お弁当も持ってきてないですよ。

そしたら住人の若い子が「え？　みんなに言いましたけど」と言った。

「言いましたよじゃねえよ！」

僕は怒鳴ってしまった。

なんでホワイトボードに午後なしって書いてあったのに訂正しなかったの？　おかしいと思わなかったの？　みんなって誰だよ。僕はみんなの前で今日仕事行くこと言ったよ。だから十中八九みんな今日午後あることわかってないよ。潤さんと話してたとき、いたじゃん一緒に。なんでそのとき言わなかったの？　自分以外に興味ないの？　僕がお祭りの話してたの聞いてなかったの？　瞬時に言いたいことが山ほど出たけど、原因の追及は後回しだ。お隣の潤さんは誰に代わりに送ってもらおうか。お祭り、楽しみにしてたのに。

気を取り直して善後策を考えないといけないのに頭が全然働かない。そもそも今日の仕事内容、軽トラの運転じゃないらしい。軽トラの運転手がどうしても必要だから、バイトに入ったのに。それもホワイトボードに書いてあったよね？

とりあえず勤務時間になったので、働く。軽トラの運転以外の仕事の勝手はまったくわからないのでいちいち指示を仰いだ。住人2人は若いからか、人に指示することに慣れてなくて手持ち無沙汰になることが多かった。そして、普段働いてないから、午後まで体力が持つ自信がない。

テレビの人が合間にインタビューしてくるけど、それにも八つ当たりしてしまう。「働くってなんですか」ってなんですか。どういう意味ですか。逆に聞きますけど、働くの定義を教えてください。人によって定義が違うことについて意見を求めるのって意味あるんですか？

お昼の休憩になった。とりあえず、代わりに潤さんを送ってもらうよう、家に電話。

体力温存のため、椅子の背にもたれかかって座る。タオルを頭に被せて、目を瞑《つむ》る。どうしよう、午後僕だけ抜けて、家に帰って、お祭り行って、そのあとここに２人を迎えに戻って来るか？　いや、それはさすがに無駄が多すぎる。バイト先、家、お祭りの場所まではそれぞれ30分かかる。それに３人のバイトを２人で回すのも大変だ。結局お祭りを諦めるしかない。テレビの人にお祭りの様子を見せられないのは残念だけど、それはまぁ仕方ない。頭が破裂しそう。抑えきれない。

バチーン！

僕は頭にのせていたタオルを地面に叩きつけて、立ち上がっていた。

怒りに任せて叩きつけたので、タオルでも大きな音がして、周りにいた全員が振り返った。

僕はピョンピョン跳ねながら「ごめんなさいこんなの初めてで、でもどうにも怒りが抑えられないです」と言った。飛び跳ねたのはそれが一番怖くない動きだと思ったからだ。

バイト先のおばちゃんは、僕の肩に手を回してなでてくれた。

僕は顔を伏せて「いやー、僕は怒らない人だと思ってましたけど、人って怒るんですね」と言った。

おばちゃんは「そうだよ、世の中に理不尽なことといっぱいあるんだから、でもそのたびに取り乱してたら何も守れないよ」とやさしく言った。僕は少し涙が出て、タオルで顔を拭《ぬぐ》った。

それでも、それで気が晴れたわけじゃない。

午後のバイト内容は、キャンプ客の車の監視のようなもので、ほとんど僕がやることはなかった。

おばちゃんは僕を気遣ってくれて、バイトを14時までにしてくれた。

怒りは帰り道も収まらない。車内で会話はない。車の運転してもらってんだから、その間運転手が退屈しないように話しかけるべきじゃねえのとか、バイトなのにその服装どうなのとか、どうでもいいことにまで腹が立ってくる。クラクションを思いっきり鳴らしたくて堪《たま》らなくなった。

祭りには少し遅れて行くことができた。お肉もいっぱい食べられたし、ビールもいっぱい飲んだ。お隣の潤さんと約束してた映画は見に行く気分にならかったのと、お酒を飲みすぎて眠ってしまった。潤さんのところには代わりに他の住人が別の映画を見に行ったようだ。良かった。

結局、今日僕はいつもより楽な仕事でお金をもらい、お祭りに行っておいしいものを食べられ、潤さんとの約束も守れたわけで何ひとつ失ってない。だけどこれを書いてる今でも頭に血が上ってくる。

僕だけバイト午前で帰れば良かったんだ。それで他の人に2人を迎えに行ってもらえばいい。それを提案されたけど、他の人の負担を考えてそうしなかった。でも、僕がイライラすることよりはそっちのほうが全体の損は少なかったかもしれない。テレビの取材も続いていたけど、最後まで刺々《とげとげ》しく接してしまった。いい人だったのに。あとで放送された映像を見たら、僕がキレた部分は上手にカットしてくれていた。

この怒りの原因は、僕が今日他の人のために動いたことだ。「こんなにしてやったのに！」と思っているからだ。自分のために動いてたら、腹は立たない。残念だってがっかりするだけだ。

ああ、それにしても。

怒りに対象は要らないんだな。恨みには対象が必要だけど、恨んでる気持ちはない。ただ、ひたすら攻撃的な気分だ。誰でもいい、むしゃくしゃしてやってしまいそう。

こんな自分もあるんだ。知らない自分がまだあった。

家でひきこもってるときには、こんなことなかったのになぁ。

お母さん預かり

「うちの息子をそちらで預かってもらえませんか？」

こういった電話がしばしば来る。

うちはＮＰＯが経営するシェアハウスだ。

ＮＰＯの理念には、ニート・ひきこもりの社会復帰の支援、とある。

とはいえ、専門家がいるわけじゃない。

山奥に住みたい、というニート・ひきこもりは歓迎する。

だけど、本人が望んでいないのに、こんな場所に来ても意味がない。

なにより、ひきこもっていたときに自分が親から「山奥にこういう場所があるんだって。どう？」なんて言われたら、死んでも行きたくない。

だから、本人以外からの電話は、別のＮＰＯをいくつか紹介して、丁重にお断りする。

そうすると、それっきり二度と電話は来なくなる。

でも、この間は少し違った。

部屋で本を読んでいた僕を、リビングから呼ぶ声がする。

何かあったのかな、と少しドキドキしながらリビングに出ていくと、50代の女性がいた。

ひきこもりの息子を持つ親だという。

息子に合う場所かどうか、実際に見て確かめに来たそうだ。

実際に親がここまで来るケースは初めてだった。

僕はちょっと驚きながらも、話を聞くことにした。わざわざここまで来たのに、追い返したんじゃ胸が痛む。

息子さんはもう10年もひきこもっているという。

実家にずっといるより、自然あふれるこの場所に住んだほうが息子にとって良い環境なんじゃないか、と。

僕は曖昧な相槌《あいづち》を打つしかない。

「息子がどうしたいのか、全然わからなくて。私、どうしたらいいと思います？」

どうしたらいいと言われても、ひきこもりもニートもそれぞれ違うのだから、答えようがない。

僕は、リビングでゲームをしていたヨタローくんに助けを求めた。

彼は、長い間ひきこもりだったからだ。彼は陽気に答えた。

「放っておいたら、そのうち自分から動きますよ。何年後か、何十年後かはわかんないですけど」

お母さんは納得できないように、でも……と口ごもった。

ヨタローくんは続けてこう言った。

「息子さんをここに行かせるんじゃなくて、お母さんがここに住んだらいいんじゃないですかね」

すごいことを言う。

でも、ひきこもりは子と親を離したほうがいいと、ものの本には書いてある。

そして、長年ひきこもりの世話をしてきたお母さんがこの山奥に来たら、いろいろ家事をしてくれそうだ。

良いことずくめじゃないか。

僕は、そうですよ、お母さん来てください、と押した。

ひきこもりの息子を預けようと山奥に行ったのに、逆に「ひきこもりの息子」を増やすことを提案されるとは思ってなかっただろうな。

お母さんは「マァ楽しそう！」と乗り気を見せていたけど、結局今にいたるまで連絡は来ていない。うーん、残念。

良いと思うんだけどなぁ。

ひきこもりの子どもを持つ親の預かり。

ここで10人を超えるひきこもりの面倒を見たあとに、家に帰ったら「なんだ、ひとりくらい大したことないな」、そう思えるかもしれないですよ。

シカを捌くと眠れなくなる

眠気が限界だー、そろそろ寝るかーと思った午前4時。

ガシャン、と金属が落ちる音がした。

懐中電灯をつかんで、興奮して外に出る。

家の前に置いてあった箱罠の中で動くものがある。箱罠は狩猟免許を持つヨシくんが数日前に仕掛けていた。

鉄でできた檻《おり》に、シカが入っていた。しかも、どうやら2頭いる。

中で暴れる音が聞こえる。

今まで地域の人が獲ったものをもらったり、崖から落ちて死んでいるのを見つけて捌いたことはあったけど、自分たちで仕掛けた罠にかかったのは初めてのことだった。

あまり暴れて、檻が壊れたりシカが怪我したりしないことを祈りながら、一旦眠る。

夜が明けて、箱罠を貸してくれた近くの先輩猟師さんを呼んだ。

明るくなった今あらためて見ると、檻の中に入っている一頭は大きくて、もう一頭は小さい。どうやら母子のようだった。

これからこの2頭を殺さないといけない。

猟師さんのアドバイスで、檻に木を差し込んでシカが動ける範囲を狭める。

本当なら、木の先に包丁をつけたものでとどめを刺すそうなんだけど、今回はまだ用意していなかったから、代わりに先の尖《とが》ったパイプを使う。

母鹿は死にもの狂いで暴れていたが、子鹿は事態を理解してないようでおとなしい。

正面から刺すとあばら骨があって心臓に届かないから、脇腹からいけ。

地元の猟師さんがお手本として親を仕留める。

人間の赤ん坊のような声で悲鳴をあげる母鹿。

そして覚悟を決めたヨシくんがいく。

一回では殺せなかった。

何度か突いているうちに、だんだんとシカの動きがゆるやかになっていく。

もがくように空中を蹴って二、三度ビクンと跳ねたあと、シカの荒い息は聞こえなくなった。

僕は見ていただけだった。

意外にもあまり可哀想だとかは思わなかった。

今年の夏、僕らの畑の農作物は９割近くシカにやられた。

殺《や》るか殺《や》られるかだ。罪悪感を覚える必要はない。

和歌山県では、県内で１年間に１万６０００頭を捕獲することを目標にしている。

ただしこの目標は、達成すれば現状の数を維持できる、という数字だ。

減らすためにはこれ以上殺さなくてはいけない。

しかも、ほとんどの猟師はシカをまずいと言って食べない。そうしたシカは捨てられるだけだ。

それなら僕らに獲られて、食べられるほうがまだマシだ。

自分に言い聞かせてるだけかもしれないけど、そう思う。

とどめを刺したあとは、川まで運んで解体する。

運ぶのがけっこう大変だ。50kg以上はあるように感じる。

重さ以上に厄介なのは、首がぐりんぐりん動いてどこを持ったらいいかわからないことだった。体毛にダニがいるから、なるべく触らないほうがいいと言われて、余計に力が入らない。

川までなんとか運んだあとは、清水に死体を浸けて体温による腐敗を防ぐ。

肉が十分に冷えるまで、少し休憩。

沈めたシカから出た血に引き寄せられて、すぐに小魚が数十匹集まってきた。

大きいほうをお手本として先輩猟師さんが解説しながら捌いてくれることになった。

お腹側からナイフを入れて、内臓を出す。

赤、オレンジ、ピンク、紫、黄色、臓器たちはカラフルだった。

猟師さんは手際よく皮を剝《は》いでいって、動物だったものを肉にしていった。

子鹿のほうはヨシくんがやってみる。

この日のために自分専用のナイフを買っていた。

ひとつの冗談も言わず、シカと向き合っている。

おそるおそるナイフを入れていく。

腹を開くと、むわっと湯気が上がった。

そこに手を突っ込んで、中のものを引っ張る。内臓を破かないように、体と繋がっている筋だけを切る。

どの姿勢で切るか迷っているうちに、毛が抜けて肉に少しついてしまったが、無事に内臓を取り出すことができた。

次は皮だ。

皮から肉をこそげ落とすように、ナイフで切っていく。

猟師さんがやると、白とピンクのきれいなまだら模様ができた。

背中のロースの部分は一番おいしいらしい。肉がやわらかくて、紙を切るかのようにすっと刃が入っていく。

これをしている間、ずっとシカの真っ黒な目に見られている。

僕は自然と目をそらしてしまった。

川での解体が終わったあとは、塊肉を冷蔵庫に入る大きさまでさらに細かく切る。

これは僕も手伝ったけど、一番気分が悪くなる工程だった。

とどめを刺すときに上手くいかなかったせいで、傷がいくつもあり、そこに血が溜まってドロドロの赤黒いゼリーになっているのだ。

その日は布団の中に入っても、プニプニした感触と赤黒い映像がフラッシュバックして、朝方まで眠れなかった。

鹿肉の一番いいところは、そのまま焼き肉にした。

焼き方はレアが一番おいしい。火が通ると固くなってしまう。

食べるのは自己責任、と言いながら刺身も食べた。

カツオの刺身によく似て、もちもちした食感だった。少し筋が口に残ることもあるけど、カツオと違って魚臭さがない。

茹でたものは野生の臭いがするから、カレーやシチューに入れたほうが良さそうだ。

味は豚より牛に近い。独特の風味があるけど、嫌な感じじゃない。

慣れているだけで、牛なんかにも乳臭さがけっこうあるもので、食べやすさで言えば変わらないと思う。

けっこうな量の肉が取れたから、村の人にも配って回った。

この辺の人にとって鹿肉は「なつかしい」ものらしい。昔はよく食べたと思い出話をしてくれた。

山奥を去る人

軽トラで山道を下っている。

トンネルのように車道に張り出した枝の間から、朝日が差している。

快晴で、山の向こうまで雲ひとつない秋空が広がっていた。

助手席には19歳の男の子が眠っている。

半年前、彼は突然こんなことを聞いてきた。

「人ってなんで生きてるんですかね？」

なんと答えたらいいかわからなかった。

生きたいと脳が考える遺伝子が残ったからじゃないか、と僕は答えた。

彼はあまり納得していない様子だった。

それから、昨日の夜のことを思い出す。

晩ごはんを食べているときに、話を聞いてほしいと彼に言われて、僕の部屋に招いた。

彼はこんな風に話を切り出した。

「人ってなんで生きてるんですかね？」

前も同じこと聞いたね、と僕が言うと彼は「そうでしたっけ、すいません」と照れながら謝った。この半年間、彼の頭にはずっとこの難問がつきまとっていたんだろうな。

でも、彼が本当はそんな禅問答を聞きに来たわけじゃないのは雰囲気でわかった。

彼は何度も言葉を発しようとして、また口を閉じた。

そのまま長い時間が過ぎて、彼はこう言った。

「実は明日ここを出ていこうと思ってるんです」

彼は楽しくやってるように見えたから、意外に思った。

そういえば最近は部屋にこもりがちだったな。

彼は出ていく準備をこっそりと進めていて、荷物もすでに引っ越し先に送ったらしい。

「他の人に知られたくなかったんです。あれこれ聞かれたくないし。それと、嫌がらせってのもあります」

はっきりと彼はそう言った。

ここに住む何人かと上手くいってないのは気づいていた。

でも、その理由が彼がレンタルビデオを借りてきてほしいと頼んだら、ＤＶＤではなくブルーレイを借りてきたことだと聞いて、深く考えていなかった。別れ際に嫌がらせしたいと思うほど、嫌っていたのか。

「ここの何人かには感謝しているので、悪いと思います。でもそれ以外の人とこの場所には何も思いません」

でも、ここで生活してたらきっとみんなのお世話になってるよ。ゴミ出ししてくれる人とか、料理作ってくれる人とか、掃除してくれる人とか。全部自分でやろうと思ったらすごく大変だ。

彼は「そうですね、みんなのおかげで生活してました」と言ったあと、こう言った。

「たとえ、その人たちが暇だからやってたことだとしても」

そこで僕はようやく気がついた。彼はこの場所が嫌いだったんだ。

2年前、高校を中退して17歳のとき、彼はここにやってきた。歳の割に落ち着いていて、しっかりしているように見えた。

彼が高校を辞めた理由は知らない。でも少なくとも、山奥に来たくて辞めたというよりは、逃げ場所としてここに来たようだった。

本当はこんなとこ、来たくなかったんだろう。

だから、ここが嫌いだし、ここで楽しそうにしている人も嫌いだったんだ。

山奥ニートが嫌いな人が、山奥ニートをしていたことが僕にはショックだった。

「ここに居すぎました。もっと早く出ていけば良かった」

19年間の人生のうちの2年間は大きな割合だろう。

その間、彼はありあまる時間の中で、悶々《もんもん》としていた。

言いたいことはたくさんあったけど、説教みたいになりそうだった。ニートに人を説教する権利なんてない。

軽トラの助手席に乗っている彼は、昨晩あのあと眠れなかったらしく、帽子を目深《まぶか》に被って眠っているようだった。

ふと思った。

彼が本当に聞きたかったのは「人がなんで生きてるか」ではなくて、「自分がなんでここにいるか」だったんじゃないかと。

でも、それは人に聞くことじゃなく、自分で見つけることだと思った。

彼はこれからどうするか、頑《かたく》なに言わなかった。

僕も信用されていなかったのか、それとも心配かけまいとしたのか。

どっちにしても、これからのことに、山奥に2年間共同生活したことがほんの少しでも役に立ったらいいと思った。

ここで覚えた料理を作ることでもいいし、酒の席の話題でもいい。

10年後でも20年後でも、ここで無駄だと思った時間が、大切なものだったと思ってほしいな。

山道が終わって、2車線の道路になった。

軽トラは駅へ近づいていく。

町の皆さん、よいお年を

「よいお年を」って言葉が好きだ。

僕はあいさつするのが苦手で、山奥の住人に「おはよう」と言うのも、あまりしたくない。あまりに露骨に上辺の付き合いという気がする。

だけど、まったく何も言わずにリビングに入るとなんだか気まずくなることは知っている。

気分がいいときは、代わりに「昨日のアニメ見た?」とか「雨降りそうだね」とかを一日の最初に会ったときのあいさつ代わりにするけど、そうでないときは相手に聞こえるか聞こえないかくらいの小さな声で、ぼそっと言うのが精一杯だ。

だけど、「よいお年を」だけは例外。

「よいお年を」って言葉って、なんだか日本語っぽくない気がする。

外国語を和訳したみたいだ。

だって、英語じゃ朝は「Good morning」、別れるときは「Have a nice day」。日本語にしたら「よい○○を」ってあいさつが多いじゃない。そういうの、日本語で現在もよく使われるあいさつでは「よいお年を」だけなんじゃないかな。

「よいお年を」って言うときは、もう年内に会わない場合だけだ。

日本語の別れのあいさつはいくつかあるけど「さよなら」はどうも寂しすぎる。

何も考えずにさよならを言えるのは小学生だけだ。

だから、大人になると「それじゃ、また」のように曖昧な別れの言葉を言う。

またあなたに会いたいです、という社交辞令が入ったあいさつだ。

それと比べると「よいお年を」には、「あなたには年明けまで会わない」というある意味ではネガティブな意思表示が含まれている。

この年末の時期にかぎっては、それが許されるのが面白くって、僕は「よいお年を」を好んで使う。

「よいお年を」は別れる寂しさを社交辞令でごまかさない。

でも相手の息災を願う気持ちは本当だ。

自分の不利益にならない程度には他人の幸せを願う、人間の感じが上手く表現されたあいさつだ。

だから僕は「よいお年を」というのが好きだ。

それも、なるべく早いほうが味わいがあって好き。その年で一番最初に「よいお年を」を聞くと嬉しくなる。

年末の雰囲気は、死ぬ間際のそれに似てる気がする。

年末の大掃除は身辺整理みたいだし、冬至で日が短いのは世界の終わりみたいだ。

僕が病気になったりして、もうすぐ死ぬと思うようになったとき、別れる際に言うべき言葉は「よいお年を」に限りなく近い何かだと思う。

「今世ではもう会わないけど、よい残りの人生を」、たぶんそんなことを言う。

話がそれた。そう、今は年末。それも、大晦日《おおみそか》。

山奥の年末年始は毎年静かだ。

何名かの住人は帰省しているし、旅館の稼ぎ時だからバイトに駆り出される人も多い。

それに加えて、ただでさえ山に囲まれてすぐに太陽が沈んでしまうのに、一年で一番日が短い季節だ。日照時間の少なさから昼夜逆転してしまう人も多い。

今日も大晦日だというのに、昼過ぎになっても誰も起きてこなかった。

僕はなんだかお祭り気分で、じっとしていられなくて昼間からビールを開けていた。

いい感じに酔っ払っていると、子どもの声が聞こえた。

山の精霊の声がついに聞こえるようになったかと思ったけど、どうやら普段は町に住んでいる親戚が、実家に集まっているようだった。

それがわかったのは、あとから段ボール箱に入ったたくさんのお餅を持ってきてくれたからだ。家でついたそうだ。僕も一度手伝ったことがあるけど、餅つきは重労働だった。お礼を言う。年が明けたら大根をおろして、みぞれ餅にして食べよう。

夕方になると、山奥ニートたちが起き始めてきて、みんなでご馳走を作った。

一尾まるごと買ってきたブリを捌いて、刺身とカマ焼きにした。他にも、ピザや生ハム、明太子などみんなのとっておきのものを持ち寄った。

普段、全員が顔を揃えることなんてないんだけど、この日は今いる住人全員がリビングに集まっていた。

何人かは旅館へ働きに行っている人と、ボイスチャットをしながらゲームをしている。

僕を含むそれ以外の人は、年末特番のバラエティを見ている。

久しぶりにテレビを見ると、ＣＭがどれも新鮮で楽しい。

そのうちにお腹が空いてくる。

蕎麦《そば》を茹でるのが楽しみで、そわそわしてしまう。

僕の家では年越し蕎麦は夕飯に食べていた。健康を気にする両親だったから、夜の深い時間にものを食べるのはタブーだった。

だから、年越しの瞬間に蕎麦をすするのは、僕にとって憧れだったんだ。

でも、お腹はぐーぐー鳴っている。

どうしようか迷っているうちに、他にもお腹が空いたと言う人が出てきた。

結局、少し早いけど蕎麦を食べることにした。

大きな寸胴鍋で、これでもかというほど大量の蕎麦を茹でた。ちくわも磯辺揚げにした。

お腹も膨れて、うとうとしながらテレビを見ていたら、住人のひとりが「年、明けました」とぼそっと言った。

みんながニヤッとした。

鐘の音も聞こえない山奥から、あけましておめでとう。

第3章

山奥ニートの今まで

サンタなんか来なくていい

昔から、ものをねだらない子どもだった。

子どもってものは普通、親に対して「アレ買ってコレ買って」とうるさいらしいけど、僕は親に対して一度も何かを買ってくれと頼んだ覚えがない。

クリスマスが近づくと、母親は「いい子にしてたらサンタさんがプレゼントをくれるかもしれないね」と幼い僕に言い聞かせた。

大人ってのは、よくこういうことを言う。

飴《あめ》あげるから大人しくしていてね、だとか、勉強頑張ったらおもちゃ買ってあげる、だとかそういう交換条件を。

子どもの僕はずっと思っていた。

それ、全然釣り合っていないじゃないか！

別にうるさくしようなんて思わないよ。言われなくても勉強は面白いからやるよ。

大人しくて、トラブルを起こすことはほとんどない、問題児とは真逆の優等生だった。

成績表を今開いてみても、当たり障《さわ》りのないことしか書かれていない。

教師からしたら、印象の薄い子どもだったんだろう。

大人の言うことはよく聞いた。

だけど、その程度のもので僕の心を買えると思ってもらっちゃ、大間違いだ！

気が小さかったから、言葉にしたことは一度もなかった。

6歳の僕がこの文章を読んだら、「よくぞ言ってくれた！」と称賛の拍手を惜しまないだろう。

子どもってのは単に表現する方法を知らないだけで、考えてること自体は大人とそう変わんないんじゃないか、なんて思ったりする。

子どもの僕の中には、ひとつの定理が出来上がっていた。

ものをもらうと、代わりに自由が奪われる。

もし、親に対して「アレ買ってコレ買って」と言ったら、代わりに勉強をする、いい子にするなどの条件をつけられる。

たかがおもちゃなんかで、僕の心が縛られてたまるか。

そんな取引、僕は応じない。

「ものを欲しがらない」というのは、子どもの僕が精神的自由を勝ち取るための、唯一の抵抗手段だったのだ。

きっと親や教師はそれがレジスタンス運動だとはつゆ知らず、手のかからない子どもだと思っただろう。

でも、それは子どもの僕にとっての戦いだったのだ。

だけど、小学3年生の子どもが、おもちゃを欲しがらないというのは、大変な苦行だった。

クラスメイトは無遠慮に、やれニンテンドー64を買ってもらっただの、遊戯王カードを買ってもらっただの話しかけてくる。

ものをねだらないと言っても、所有欲がないわけじゃない。

本当はおもちゃが欲しい。でもそれを言ったら負けになる。戦いだと認識しているのは自分だけだが、僕にとっては己のプライドをかけた戦いなのだ。

だから僕は、あの手この手で物欲を鎮《しず》めた。

戦隊モノの変身アイテムを買ってもらったという友達に対しては、自分はテレビに出ていない「パープル」なのだ。君のはレッドの変身アイテムではないか。それはテレビのレッドが持っているものの偽物でしかない。自分が持っている変身アイテムは色画用紙で作ったものだけど、「パープル」としてはオリジナルのものだ。だから自分のもののほうが格好いい。

対戦カードを買ってもらったという友達に対しては、そんなものはもう古い。僕は自分でカードを作ったと言って、見せた。同年代諸兄の多くはオリジナルカードを作ったことがあると思う。だが僕の作ったものは量・質ともに優れていたと自負する。ゲームバランス、ネーミング、カードの質感、その他もろもろこだわり尽くして作ったものだ。材料は厚紙だが、枚数は１００枚以上、中にはきれいな折り紙を貼りつけたキラカードもあった。

アニメでやっていたロボットは、兄のお下がりのレゴブロックで作った。見たいアニメがあっても、ニュースを見ている父にチャンネルを変えてもらえないかと頼むことができず、買い与えられた動物図鑑を読んでいた。

沖縄に行ったとき、お土産を買ってあげると両親から言われ、買ったのはどこにでも売っているようなキーホルダーだった。この先、それを親が見たとき「沖縄楽しかったでしょ。だから言うこと聞いてね」と言われないために……。

待ってくれ。可哀想な子どもだと哀れむんじゃあない！

こうやって書き出してみると、ずいぶん未練があるように感じるけど、当時は我慢しているという自覚すらなかった。

両親の名誉のために付け加えておくけど、僕の家は決して貧乏だったわけじゃない。おもちゃだって僕が素直にねだれば買ってくれただろう。

友達連中も、僕の妙ちくりんなこだわりに付き合ってくれる程いい奴だったから、頼めばゲームを貸してくれたかもしれない。

でも僕の闘争はずっとひとりだった。

いい子にしてたらプレゼントがもらえるだって？

プレゼントなんか要らないから、いい子でいない自由をくれ！

そんなひねくれた考えだったから、会社員になって給料をもらうって道を選ばなかったのも当然と言えよう。

＊

僕の両親は2人とも、学校の先生をやっていた。

母は心配性、父は仕事熱心で話をした記憶はほとんどない。

職業柄なのか教育熱心で、小さなころから習い事をいくつもやらされた。

余談だけど、知り合ったニートのほとんどは、小学校から習い事をしている。なぜなんだろう。子どもの時分に遊び足りなかったのを補うようにニートになるんだろうか。特にピアノなんかは、日本の全人口におけるピアノ習っていた率を、ニートのピアノ習っていた率は大きく上回る気がしてならない。

僕は習い事に行かずに済む友達が羨ましかった。習い事のせいで好きなアニメを見ることができずに、友達の話についていけないこともしばしば。

両親が帰ってくるのは毎晩遅かったけど、それでも僕の勉強をいつも見た。

宿題には必ず添削が入った。

僕はどちらかと言えば要領が良いほうだったと思うけど、絵や工作なんかはこだわりが強いせいでいつも時間までに終えられず、家に持って帰ってやっていた。

そうして家で描きかけの絵を見せると、「もっと人物を大きく」だとか「同じ黒でも色が違うでしょ？」とアドバイスが入る。描くのは僕だけど、自分ひとりで描いている気がしない。

教師目線でのアドバイスだから、審査側のツボをよく押さえているせいで、賞をとることも何度かあった。先生は褒めてくれたけど、教える側の人間の手が入っているんだから、賞をとるのは当たり前だと思ってしまい、素直に喜ぶことができなかった。

余は如何にニートになりし乎

何にでも、理由ときっかけがある。

これらが同じであることもあるけど、多くの場合、別々だ。

僕がニートになった理由は、今話した通り、子どものころからの気質だ。

この気質は、年齢が上がるほどに強くなっていった。

高校生のある日を境に、僕はノートが取れなくなった。

先生が黒板に向かって白いチョークで文字を書く。大事なところは黄色いチョークで書く。

すると、少し遅れて教室中に生徒たちが一斉にシャープペンを置いて、赤いボールペンに持ち替える音が響く。

ある日突然、それが異常なことだと感じた。

そして、自分がその中の一員であり、教室に響くペンを置く音の発生源のひとつだと認識したとたん、吐き気がした。

それからは、わざと自分だけワンテンポずらしてペンを持ち替えたり、赤いボールペンを使うのをやめて、すべてのノートを黒だけで書いてみたり、いろいろ工夫したけど、だんだんと勉強が嫌いになっていった。

周りのみんなが大学に行っていたから、僕も行かなきゃ格好がつかないってことで大学へは行った。

でも高校でも大学でも、周りの同窓生は自分が社会人になるということを当たり前に思っている様子で、次第に話す相手がいなくなっていった。

ただ、これだけならまだ、ニートにならず、どこかの小さな会社に就職していた未来があったかもしれない。年齢を重ねていくうちに、人は鈍感になって、こうした思春期のウジウジした悩みは忘れていくものだから。

社会を受け入れて、就職していた未来があったかもしれない。

僕がニートになったきっかけは、多くのニートがそうであるように、他人からしたら大したことじゃない。

でもどうか「なんだ、その程度のことで」なんて思わないでほしい。

そのときの僕にとっては、生きるべきか死ぬべきかってくらい大ごとだったんだ。

*

僕は大学生になった。

周りがみんな進学していたから、僕も大学に行かなきゃ格好がつかない。

会社員にはどうもなれそうになかったから、教師になろうと思った。

そう思ったのは間違いなく両親が教師だったことが関係しているけど、もうひとつ理由があった。

どこの学校にもひとり、変わった先生がいるもんだ。

大多数の先生からも生徒からも少し馬鹿にされているけど、専門的な知識を持っている先生。

そんなような立ち位置なら、僕に向いてるんじゃないかと思った。

小学生のとき、友達に勉強を教えていたこともあったし、ものを教えるのは好きだった。

今思うと、甘すぎて呆れてしまう。

そういう変わった先生って扱いを受けている人でも、始めから変わった先生になろうと思ってなったわけじゃないだろう。

それでも、僕は僕なりに、僕のようなひねくれた子どもを理解してあげられる先生になりたいという教師像があった。

なにより、子どもと接するのはたくさんの発見があって面白かった。

そのうちに、小学校の教育実習をすることになった。

赴任先の学校の都合で、僕は他の同輩より少し遅れて行くことになった。

すでに実習を終えた友達は、口々に「大変だったけど、最高に楽しかった」と感想を言った。

期待に胸膨らませた僕は、意気揚々といざ教育実習へ。

これが僕の地獄の３週間の始まりだった。

たった３週間。

それだけあれば、人間が壊れてしまう。

僕は徹頭徹尾、担当の先生と馬が合わず、噛《か》み合わなかった。

良かれと思ってやったことはすべて怒られ、少しのミスで何時間も叱られた。

その先生は、ベテランの男性教員で、教務主任でもあったし、周りの先生からの信頼も厚く、おまけに児童からの人気もあった。

僕が社会人としての作法を知らずに、失礼なことをしていたんだろうか。

それとも、僕の能力が低すぎた？

なぜあそこまで嫌われたのか、今でもわからない。

ただはっきりしていることは、その結果、僕の精神は壊れてしまった。

自分でそれを自覚したのは、朝礼で倒れたときだった。

貧血で倒れるなんて、今まで一度もなかった。

家に帰ったあとも、ずっと明日が来ることに怯《おび》えていた。

風呂で溺れて死ねないかと思った。

しまいには、学校のトイレにある石鹸を飲み込んだ。体調が悪くなれば帰してもらえるかと思った。でも残念ながら平気だった。小学校に置いてあるものだもん、毒なわけないよな。

常に頭をよぎっていたのは、「この程度のことができないなら、他のこともすべて上手くできるわけがない」ということだった。

別に授業案や報告書が書けなくても、そんなことで思い詰めることないのに。どうも鬱《うつ》ってものは、精神的に盲目にしてしまうみたいだ。

他の選択肢が見えなくなって、ひとつのことが上手くいかないだけで、自分にはあらゆる価値がないように思えてしまう。

自分の存在する意味がわからなくなってしまうから、死にたくなる。

僕が幸運だったのは、これが実習で、期間が過ぎれば終わるってことだった。

3週間が過ぎ、僕は晴れて自由の身となった。

もしも、教育実習が上手くいって、教師になったあとに、そこで同じような目に遭ったら？

期間限定ではなく、定年まで続く地獄の日々。

自殺するくらいなら辞めればいい、なんて簡単に言うけど、そんなこと無理だ。

精神的に追い詰められていると、正常な判断ができない。

今でも自殺のニュースを目にするたびに、どこか並行世界の自分が死んだんだと感じる。

僕はたまたま、命拾いすることができただけだ。

でも、もう教師になる気は一欠片《ひとかけら》も残っていなかった。

教育学部で、授業も教員免許を取るためのものばかりだったから、授業に出る気が起きない。

そのうちに、大学から足が遠のいていく。

部屋から出なくなって、ひきこもりになった。

とにかく、眠くて眠くて仕方なかった。

記憶が曖昧で、このころのことはほとんど覚えていない。

精神科に行こうと何度か予約したけど、部屋から出ようとすると頭やお腹が痛くなった。

ときどき、教育実習のことを思い出して、悔しくて歯噛みした。爆破予告でも送ってやろうかと考えたけど、部屋に便箋《びんせん》も切手もなかったのでできなかった。

心配した母は、ハムスターを買ってきた。

子どものころ、僕がかわいがっていたからだ。

動物と接すれば、少しは心が癒やされるんじゃないかと思ったんだろう。

でもこんな状態の僕に、動物の世話なんかできるわけがなかった。

何日かは餌をやったり水を換えたりしていたが、気がついたらハムスターは巣の中で冷たくなっていた。

小さな骸《むくろ》は近くの神社の木の下に埋めに行った。

そのとき、久しぶりに外に出た。人に会いたくなかったから、深夜を選んだ。

スコップなんかなかったから、手で土を掘って穴を作った。

悲しいという気持ちはなくて、ただそうするべきだと思ったから、そうした。

感情というものがなかった。

そんな状態が、1年間続いた。

働いたらお金が減った

1年も経つと、ビデオを借りに行ったり、本屋に立ち読みに行ったりする程度には外に出るようになっていた。

ある日、レンタルビデオ屋に行く途中、蕎麦屋が潰れて長らく空き店舗だった物件に「急募！　アルバイト募集」という張り紙があるのを見つけた。

居酒屋ができるらしい。

アルバイトなんて、嫌ならすぐ辞めてしまえばいい、そんなやけっぱちな気持ちで記載されていた番号に電話した。そのまますぐに面接ということになり、採用された。

そこはチェーンではなく個人の居酒屋だった。

40前後の息子に、近くでスナックをやっているらしい母親が店を与えたらしい。息子のほうは料理人としていろいろな店で修業したそうだけど、少し頼りなさそうな印象で、一方で母親のほうは眼光鋭くて魔女のようだった。

僕の他に、もうひとり、僕よりいくつか年が下の女の子がアルバイトに入るとのことだった。

さて、アルバイトでの僕は、そりゃあもうひどかった。

ダメにダメを重ねたダメダメだった。

まるで、ドリフのコントみたいに、お皿やコップを割った。１日１枚は割っていたんじゃないだろうか。

何もないところでつまずいて転び、お客さんに頭からビールをかけてしまった。

ビールサーバーを閉め忘れて、大量のビールを床に流してしまった。

注文を聞き間違えて、車で来たお客さんに、アルコール入りのサワーを飲ませてしまい、代行運転を呼ぶことになったこともあった。

さすがに、まだ完全に精神が治りきっていなかったせいだと信じたい。

普段の僕はそこまでおっちょこちょいじゃないはず！

２週目からシフトが少なくなって、３週目に辞めた。

辞めることはＬＩＮＥで送った。

後日、給料をのこのこ取りに行ったら、店長とその母が待ち構えていた。

店の奥には、一度もシフトがかぶることなく、会うこともなかった、年下のバイトの子がどうしたらいいかわからず、立ち尽くしていた。

店長は僕を取り押さえて、割った皿や店に与えた損害を弁償しろと言った。

アルバイトにそんな責任はないと思ったが、気が動転して、上手く言葉にできない。

隙をついて逃走を図ったが、あっさりと失敗。

魔女のような老女に「こいつ、逃げようとしてる！」と言われて、警察を呼ばれてしまった。

警察が来たら、そんなしょうもないことで呼ぶんじゃない、この子の言ってることのほうが正しい、と言ってくれると思っていたが、やってきた警官は怒鳴る店長をなだめつつ、僕に「逃げるのは良くない」と言った。

僕は警官を前にしてすっかりビビってしまって、結局お皿などの弁償代として2万円を払った。

バイトに出たのは十数回だったから、完全に赤字だ。

働いたのに、かえってお金が減っているじゃないか！

こんなバカバカしいことあってたまるか。

世の中には労働に向いている人と、向いていない人がいる。

向いていない人は、働けば働くほど周りに損害を与える。

会社でたくさんの人が働いているけど、その中で給料分の働きをしているのはきっと一部だ。

それ以外の人は、働いているふりをしているだけで、むしろ足を引っ張っている人もいるんじゃないだろうか。

僕には働く才能がないんだ。

きっと会社に入っても、人の迷惑になるだけだ。

このままニートを続けるしかない。

ならいっそ、一流のニートになってやる。

そう思うようになった。

東日本大震災

２０１１年３月11日、僕は中学のころの友達と卒業旅行に行っていた。僕はまだ大学に籍は置いていたけど、卒業する見込みはなかった。ついていったのは、その友達が車が趣味で「乗せていってやる、お前は一切運転しなくていい」と言ってくれたからだ。

広島を通って、四国を巡る４泊５日の車旅。友達は就職が決まっていた。こんな風に行き先を決めない長旅は、もう定年退職するまでできないだろうと言っていた。

「あの瞬間」、僕らは遅いお昼として、広島の小さなお好み焼き屋にいた。店内のテレビには情報番組が流れていた。スタジオが揺れて、司会のタレントが注意を呼びかける。

しばらくして、店がゆっくりと揺れた。広島まで揺れが来たのだ。

慌てるほど強くはなかったが、気持ちの悪い、船の上のような揺れが長く続いた。

テレビでは画面が切り替わり、気仙沼の港のライブ映像になった。波がみるみるうちに港を越え、市街地に入っていった。車がおもちゃのように押し流され、歩いている人が波に飲まれた。

お好み焼き屋のおばちゃんは「あーあーあーあー」と言葉にならない声をあげた。

僕は帰ったほうがいいんじゃないか、と友達に提案したが、彼は「東北のことだし、ここは大丈夫だ」と言って旅を続けた。

会社員になる彼にとっては、この機会を逃したら次の長旅はいつになるかわからないのだ。

車中は少し険悪なムードになって、僕は助手席でスマホからニュースをずっと見ていた。

爆発する原子炉建屋、化学工場が壊れたせいで毒ガスが流れたというデマ、ツイッターでは被災者のスマホの充電を長持ちさせるためにアイコンを暗くしようという呼びかけがあった。青いつなぎを着た枝野官房長官の会見。ＣＭは全部ＡＣになった。

宿に着いても僕はテレビから目が離せなかった。友達が眠れないと言ったので音量を落として電気を消したが、テレビは消さなかった。暗い部屋で見た炎上するコンビナート地帯は地獄の釜が開いたようだった。

僕はずっと考えていた。

自分があの津波に追いかけられているとき、どうしただろう。

右へ逃げるか、左へ逃げるか。

地上からはどちらから津波が迫ってるかなんて、わからない。

生と死を分けるのは、運だけだ。

もともと、生き物というものはそうだったのだ。

人が死ぬニュースは毎日流れている。

だけど、台風や交通事故で死者が出たという場合、ほとんどはお年寄りで、若い自分には死なんて関係のないことだと思っていた。

「人間は死ぬ」という事実が、計測できない余震のように僕を揺らし続けていた。

自分もある日突然、なんの前触れもなく死ぬかもしれない。

だったら、好きなことだけをやりたい。

定年退職するまで40年間、旅に出るのを我慢して働いて、その間に死ぬのだけはごめんだと思った。

会社員として日々のほとんどを労働で過ごせば、お金をたくさん稼げる。

そうすれば、津波が届かない高層ビルに住めるかもしれない。

だけど、今度は火事になったらどうするか不安になる。

結局のところ、本当の安心というものは、いつ死んでもいいような心構えをすることなんじゃないか。

そのために好きなことをやって、死ぬ瞬間に後悔しないようにしたいと思った。

*

「その日」から少し経ってから、僕は福島へボランティアへ行った。
津波が運んできた泥が詰まったドブの掃除をした。
ボランティアの寝床を用意してくれたＮＰＯの人に、仕事は何をしているの、
と聞かれた。

僕がニートだと答えると、その人はやっぱりねと言った。しかし、馬鹿にした感じは一切なかった。

やっぱりとはどういうことか聞いたら、ボランティアに来る若い人の多くはニートやひきこもりだからだと教えてくれた。

「ニートやひきこもりの人は、大きな力を溜め込んでいる。でもそれを活かせる機会がない。でもこういう非常時では、それが何より助かる」

そんな風に言っていた。

確かに、毎日の仕事に追われるサラリーマンはボランティアなんてなかなか来られないだろう。

働かないアリは、非常事態のための予備の労働力だという話がある。常にすべてのアリが全力で働いていたら、予期せぬ出来事が起きたときに、対応することができなくなる。不測の事態にいつでも対応可能な、暇なアリがいることによって、群れの生存率が上がるらしい。

アリとヒトを一緒にしていいのかわからないけど、もしかしたらニートも群れのために必要な存在なのかもしれない。

地震みたいな大きな災害だけじゃない。

町の祭りのときなんかに、ニートが手伝うだけで社会の役に立っていると僕は思う。

そういえばこの時期、僕はウィキペディアを編集することを日課にしていた。

記述が少ないページを見つけては、図書館で調べて、書き足す。

ひきこもっていたときの僕は、とにかく誰かに必要とされたかったんだと思う。

自分が何かの役に立つんだと感じたくて、本を読み文章を書いていた。

ウィキペディアに文章を書いたって、１円にもならない。

でも、社会的には価値のあることだと思う。

それをいったい誰がやるのか。

忙しい会社員にやらせるのか。ニートがやらなきゃ誰がやる。

別に社会貢献は義務じゃない。

これをやれって押しつけられるものじゃない。

自分のしたいことをすればいいと思う。

ゲームの攻略情報を書くのだって、大いに人の役に立つことだ。

それなのに、お金を稼いでいないという一点のみで、ニートは馬鹿にされる。

どうやって、社会人がニートより社会の役に立っていると証明できるというのか。

たかだか年間数十万、数百万の所得税より、これから半永久的に利用されるウィキペディアの情報のほうが価値が高いかもしれないじゃないか。

ほとんどの人は、そのことを考えようともしない。

震災が起こったとき、僕は少しワクワクしていた。

これで、何もかもが変わるぞ。

社会の常識がひっくり返って、お金を稼ぐのが一番えらいという価値観だって、揺らぐに違いない。

これからは、もっとこう、なんというか上手く言えないけども、お金より大事なものが大切にされるんだ！

つまりはニートの時代だ！

僕には、働かなければひとりの人間としては認められない、ということの社会が嫌だった。

でも、あれから10年近くが経って、何かが変わっただろうか。
東北の一部以外は、何もなかったかのように元通りになった。
天と地がひっくり返ったような出来事だったのに。
社会のしくみが一瞬にして変化する、なんてことはないんだな。
この社会も少しずつは、変わっていっているのかもしれない。
だけど、それを待っているうちに、僕はお爺さんになってしまう。
それまで我慢し続けるのか、何十年も。
そんなのは嫌だ。
じゃあどうする。
なら、自分で新しい社会を作ることはできないだろうか。

めざせ一流ニート

とにかく、このまま家にひきこもっているわけにはいかない。

このままいっても、歳を取ってじわじわと弱っていくだけだ。

かといって、ひとりで考えていてもどうしようもない。

まずは、自分と似た境遇の人を見つけて、話したくなった。

なんでもいい、とにかく人と話がしたかった。

ツイッターやブログで、ニートを名乗っている人に手当たりしだいに声をかけていった。

ほとんどは、無視されるか、実はニートじゃないという返事がきた。

それでも、何人かは本物のニートが見つかった。

僕と同じく、コミュニケーションに飢えている人も見つけられた。

ニートが集まれば、何かが起こるんじゃないかと思った。

ひとりでいるから、自分には価値がない、何もできないと思ってしまう。

でも、同じ種類の人間が集まれば、互いに強化しあって、そこから何か、こう、文化のようなものが生まれるんじゃないかと。

ちょうどこのころ、「ギークハウス」というシェアハウスが話題になっていた。

「ギークハウス」の発起人のphaさんは、自らをニートと名乗っていた。

「だるい」「働きたくない」「毎日寝て暮らしたい」と堂々と発信するphaさんに、新米ニートであった僕は憧れた。

しかし、ギークハウスは主に都会にあるもので、シェアハウスで他の物件よりは安いとはいえ、ニートにとっては家賃は大きな金額だった。

そんな中、僕はジョーくんに出会った。

彼は僕の1歳下で、東京に住んでいた。高校を卒業してからは、たまにアルバイトをすることもあったようだけど、基本的にはニートだった。

ジョーくんもまた、phaさんのファンだった。

好きなアニメも同じだったし、小学生のころ持っていたゲームボーイの色も同じシルバーだった。最初の3文字を言うだけで、どんな話題も通じた。

彼は、和歌山県にある「共生舎」というＮＰＯに興味を持っているらしかった。

そのＮＰＯは過疎集落の古民家を借りて、そこにニートやひきこもりを集めて共同生活をさせるという計画を立てていた。

ジョーくんはそのＮＰＯの代表である「山本さん」なるご老人と知り合いで、最初の住人としてその古民家に住もうとしていた。

しかし、ひとり暮らしをしたことがない自分が、いきなり田舎に行くのは心細いと言う。

もし興味があるなら、一緒に山奥に住まないかと持ちかけてきた。

給料が出るわけではないけど、古民家の家賃は無料だし、食費と光熱費も最初の1年はＮＰＯからお金を出してくれるという話だった。

うーん。あまりにも話がうますぎる。

だいたい、ＮＰＯって聞いただけでちょっと胡散《うさん》臭い。

目的は一体なんなんだ。

甘い言葉でニートを呼び寄せて、助けも呼べない僻地で、労働を強制させられるのではないか。

あるいは、何か新興宗教なのではないのか。行ったが最後、洗脳させられて帰ってこられないのではないか。

不穏な想像がいくつも頭をよぎったけれど、そのときの僕はまだ精神が不安定で、どうかしていたのかもしれない。

どうせニートの僕に失うものなんてないんだ。

とりあえず、見に行ってみよう。

と、青春18きっぷを片手に、ひとりで和歌山まで行ってみた。

代表の山本さんは大阪に住んでいて、今は体調が優れず案内できないということで、ＮＰＯに協力しているという男性が出迎えてくれた。

駅から車に乗せてもらい、借りている古民家がある集落まで連れていってもらう。

しばらく走ると、いかにも国道沿いといった感じの、チェーン店が立ち並ぶ田舎になった。

「いいところですね」と僕は言った。

ちょうど僕の祖母の家がこんな感じの田舎だった。

車はさらに走る。

建物は民家だけになり、横を大きな川が流れている。

「のどかなところですね」

車は川を渡って、山を登り始める。

道は車がギリギリ通れるほどの幅しかない。

ハンドル操作を誤れば、谷底へ真っ逆さま。

連続するカーブの遠心力に、車の天井の手すりに摑まって耐える。

言ったら都会っ子だと馬鹿にされると思っていたから我慢していたけど、ついに聞いてしまう。

「もうすぐですか？」

運転手は答える。

「うん、もうすぐ。あと1時間くらい」

いったい、僕はどこへ連れていかれるのか。

僕はこの深い山の中で、殺されたあと、身ぐるみ剝がされて埋められてしまうんじゃないか。

親にはちょっと旅行してくると言っただけで、詳しくどこに行くかは言わなかった。

僕が死んだことに、誰も気づかないだろう。

それでもいいか、と思った。

どうせお先真っ暗なのだし、自分で死ぬ手間が省けた。

せめて、あまり苦しまずにいかせてほしいな。なるべく抵抗しないから。

そんな風に覚悟を決めた僕を乗せた車は、一軒の古民家の前で止まった。

あたりはもう暗くなっていた。

古民家からは、オレンジ色の電球の光が漏れていた。

この古民家は、ＮＰＯの代表が知り合いから無償で借りているものだという。

中は埃《ほこり》が溜まっていたけど、テレビも冷蔵庫も洗濯機も、電化製品は一通り揃っていた。

いつでも住める。ただ、住む人がいない。

そう説明してくれた。

以前、一度ニートの人が住んでみたものの、こんな山奥でひとりきりはやっぱり不安で、すぐに帰ってしまったらしい。

だから、今度はジョーくんと２人で住んでみてはどうか。

きっと、誰かが住み始めれば、他にも住みたいという人が出てくる。

山本さんは、最終的には５人前後で住むのがいいだろうと言っているそうだ。

確かに、古民家は十分な広さがあった。

ふすまを使って仕切れば、個室も確保できそうだ。

僕は聞いた。

「インターネットは通っているんですか？」

「山本さんが繋げてくれたよ。これからはそういうのが必要だろうって」

そうか、ネットがあるんだ。

家にいるときも、ほとんど外に出ずに過ごしていた。

街に住んでいても、山に住んでいても、大した違いはないように思えた。

おまけに、ここなら親の目を気にすることなく、思う存分ひきこもることができる。

25歳、大学中退、職歴ナシ。

インターネットを通じて人とやりとりすることはあっても、リアルで人に会うことはまったくない。

今さら就職活動をする気はなかった。バイトだってろくにできない男が、会社で上手くやっていけるとは思えない。

迷いはまったくなかった。

どうせ僕はニートだ。

捨てるものなんて、何もない。

「ここに住みます」

まぁ、どうもダメなようだったら、実家に帰って、元のひきこもりに戻るだけだ。

仙人と会った夜

ジョーくんが僕の実家に来た。

和歌山の山奥に行く前に、ちょうどその中間にある僕の実家で泊まり、僕と一緒に和歌山へ向かう。そういう計画だった。

実際に顔を合わせるのはこれが二度目。

さすがに一度くらい会っておこうと、1ヶ月前に僕が東京に遊びに行ったとき以来だった。

リアルで会ったジョーくんは、ネット越しに話す彼と寸分違わず、まるで旧知の友人であるかのように話をした。

ジョーくんがうちに来ると、母は「うちの子をよろしくおねがいします」と深々と頭を下げた。

まるで、僕がどこかへ嫁いでいくようだった。ジョーくんは戸惑って、どう返したものかわからず困っていた。

朝になって、NPOの代表、山本さんがいる大阪へ向かう。

青春18きっぷを使った、鈍行列車の旅だ。

ジョーくんは痩せ型で、僕は太り気味だった。僕は『ブルース・ブラザーズ』みたいで、いいコンビになりそうだと思った。

これから、ものすごいことになる予感がして、たくさん写真を撮った。

何度か乗り換えをして、待ち合わせの駅に着いた。

閑静な住宅街で、大阪にもこんなところがあるんだと少し驚いた。

代表の山本さんは奥さんと一緒に、僕らを迎えに来てくれた。

山本さんの姿を見た瞬間、仙人のようだと思った。

太い眉毛は真っ白で、目尻はやさしそうに下がっている。

声はかすれていたけど、不思議とやさしい印象を与えた。山本さんが話を始めると、みな静かに聞き入った。

僕らが山本さんの家のソファに腰を下ろした途端、山本さんは一分一秒を惜しむかのように、過疎地の可能性について話し始めた。

山にある葉っぱを高級料亭に卸せないだろうか。

野生のシカやイノシシの骨をペット向けに販売できないだろうか。

年寄りってのは、昔の話をするのが一番好きなんだと思っていた。

でも、山本さんはこれからのことばかり話した。

やりたいことが、次から次へと出てくるもんだから、僕ら2人は圧倒されてしまった。

この話、どこまで信じていいんだろう。でも、それを語る山本さんの目は、本当に子どもみたいに輝いていた。

一通りしゃべったあと、こんなことを山本さんは話してくれた。

今の世の中は生きづらすぎる。自分が若いときはものはなかったが、こんなに窮屈じゃなかった。

人にはそれぞれ、自分に合った履き物がある。

なのに、今は既製品の靴に、無理に足を押し込んで履いている。

だから、歩いているうちにすぐ足が痛くなる。それじゃダメだ。

靴に足を合わせるんじゃなく、足に靴を合わせなきゃいけない。

昔わらじを自分で編んだように、自分に合わせた履き物を作る。

そうすれば、足は傷つかず、どこまでも歩いていける。

自分専用のわらじをじっくり作る、そのための時間と場所が必要だ。

山本さんは、長い間、養護学校に先生として勤めていた。

退職後は、山奥に障害者支援施設を設立。今では定員１５０名、職員60名が働く大きな組織になった。

その代表を数年前に引退して、今度は障害者だけでなくニートやひきこもりなど、いろんな生きづらさを抱える人たちが定住できる居場所を作ろうとしている。

それが共生舎だった。

僕は心から共感して「僕も同じ思いです！」と言いたかったが、あんまり簡単に賛同したら軽い男だと思われそうなので、もったいぶるように重々しく頷《うなず》いてみた。

あとで聞いた話だけど、自分の退職金や年金のほとんどを共生舎に注ぎ込んでいたそうだ。

山本さんは山奥でできそうなことや、自分の経歴を話し終わった最後に、笑いながらこう言った。

「また新しいことやろうとしてるんやけど、時間切れっちゅうわけや」

その晩、僕らは山本さんのお宅に泊めてもらい、次の朝、山奥へ旅立った。

山奥ニートの始まり

僕ら2人の山奥生活が始まった。

と言っても、山本さんがすべてを用意してくれたから、僕らの荷物はパソコンと着替えくらいだった。

ジョーくんはさっそく散歩に出かけた。帰ってくると、両手にスーパーのビニール袋を提げている。中には立派なネギがたくさん入っていた。近くのお婆さんにもらったらしい。

ジョーくんはその次の日も別の人から野菜をもらってきた。

田舎の爺さん婆さんは、ジョーくんの針金のように細い体を見ると、ちゃんと食べているか心配になるのかもしれない。おまけに自己評価が低くって謙虚だから、年長者にかわいがられる。この集落全体の孫、というポジションに収まるのに時間はかからなかった。

僕はと言えば、起きているほとんどの時間、インターネットで生放送していた。ノートパソコンを持ち歩いて、山奥の風景、古民家の様子、その日あったことを話した。

実はそれまでのひきこもり期間も、自分の部屋で生放送をしたり、動画を作ったりしていた。

誰にも会わない生活が長く続くとしゃべり方を忘れる、というのはひきこもりの常識だ。会話の練習のために、ネットの視聴者相手に話しかけていた。

でも、今度からの放送は目的が違う。

この山奥に人を呼び込むのだ。

世間知らずのニート２人じゃ、何か問題が起こったときに対処できる自信がない。

せめてもう１〜２人。この古民家の広さからいって、４人はストレスなく住めそうだ。

僕は放送のたびに、同じことを言い続けた。

僕らはこの山奥に引っ越してきたばかり。誰か、一緒にここに住まないか。

そのときの視聴人数は30人くらい。

当時はユーチューバーという言葉も一般的ではなく、ネットで動画を見る人も今よりもずっと少なかった。

だから、ひきこもりの僕にとって、30人は大きな数字だった。

好意的な反応は多かった。

一部には「働けニート」とか「社会から逃げるな」とか否定的なコメントを残す人もいたけど、じきにいなくなっていった。

日が暮れると、山奥はまだ冷え込んだ。

僕らはこたつに潜り込んで、一緒にアニメや映画を見た。

山奥での新生活は、順風満帆。

あと10年は戦える、そう思っていた。

4月1日

4月1日。山奥に住み始めて、4日目。

古民家で暮らすことにも少し慣れてきた。

神社のサクラがきれいに咲いているのが家から見えたから、花見に行こうとジョーくんに誘われた。

2人でおにぎりを作って、春の陽気を味わいながら神社に向かって歩く。

そんなとき、何度かあいさつをしたことのある爺さんから、声をかけられた。

「山本さん、亡くなったんだってな」

エイプリルフールって、こんな山奥にまで浸透しているんだ、と思った。

しかし、タチの悪いことを言うなぁ。関西人ってみんなこうなのか？

でも、顔を見ると少しも笑っていなかった。

すぐに僕らは家に戻って、山本さんに電話した。

本当だった。

電話に出たのは山本さんの奥さんだった。今朝方、寝ている間に山本さんは亡くなったそうだ。

4日前に会ったときは、最近具合が良いと言っていたのに。

これから僕らはどうなるんだろう。

山本さんの支援はこれからなくなる。

僕らは、僕らだけの力で、この山奥で生活していかなくちゃいけない。

できるのか、ニート2人で。

その夜、僕らはこたつで話し合った。

僕らはこの短い期間で、山奥暮らしがすっかり気に入っていた。

ここでは親や近所の目を気にすることなく、のびのびと昼間に散歩ができた。

縁側で日向《ひなた》ぼっこをしながら生放送をすると、視聴者はみんな羨ましがった。２人で見た映画は、ひとりで見るどんな名作より面白かった。

もともと、ダメなら元のニートに戻るだけだ。

ここは今、無料で借りている。山本さんが亡くなって、ＮＰＯはなくなるかもしれないが、この家さえ借り続けられれば、ここで暮らすことができる。

すぐにこの生活が破綻するわけじゃない。

買い物は、集落の人が行くついでに乗せてもらえないだろうか。

光熱費くらいなら、ブログの広告収入で賄えないだろうか。

甘い考えだったけど、僕らはなんとかここで暮らす方法を考えようとした。

そして、とにかく行き詰まるまでこの山奥暮らしを続けてみよう、そんな結論になった。

ニート、会議に出る

山本さんが亡くなってから１ヶ月後、共生舎の総会が開かれた。

一番の議題は、共生舎を存続させるかどうか、だった。

始めに会計の報告。

ＮＰＯの資金のほとんどは、山本さんの年金と退職金から出ていた。

この会議には、山本さんの奥さんも出席していた。奥さんは苦笑しながら、山本さんがこの事業にかけた金額を聞いていた。

話し合いはまったく進まなかった。

今まで通りの運営ができなくなると、誰もが理解できた。

しかし、山本さんが亡くなってすぐに解散というのも、なんだか格好がつかない。皆、そう思うから積極的な発言はひとつもなかった。

僕とジョーくんはこの時点ではＮＰＯの会員ではなかったから、人形のように黙っていた。

話が進まないことに業《ごう》を煮やして、途中で辞表を叩きつけて帰った人もいた。

山本さんに頼まれてＮＰＯに名前を貸しただけで、こんなくだらない会議で時間をとられて大迷惑だ、と言わんばかりだった。

でも、誰もその人を責めることはなかった。だって、あの場の全員は「自分だって帰りたい」と思っていたから。

重苦しい雰囲気を変えようと、話は山本さんの生前の思い出になった。議論は脱線し、時計の針だけが進んでいく。

会議参加者全員の疲労がピークに達したころ、誰かがこう言った。

「そうだ。今活動しているのはそこの2人なんだから、彼らの意見を聞こうじゃないか」

いきなりだったから、泡を食ったのは僕だ。

生放送で毎日数十人相手に話しているけど、こんな大勢の大人たちと面と向かって話したことはない。会議というもの自体、ニートの僕にとっては初めてだった。

でも、言わなきゃいけない。こんな無駄な話し合いを終わらせるために。

ニートは無駄な会議を憎む。

労働時間を長引かせるすべてのことはニートの敵だ。社会人がしがらみにからめとられてやめられないことを、ドジョウのようにするっとやめるのがニートだ。

一流のニートはそうじゃなきゃいけない。

「僕らは今、山奥で楽しく生活してます。できれば、このまま暮らしていきたいです。地域の方からも、若い人が来て嬉しいと言ってもらっています。

あの家の家賃は無料です。だから、僕ら２人が食費と光熱費分だけお金を入れれば、ＮＰＯのお金は減らないはずです。それくらいのお金だったら、地域の人を手伝ったりしてお小遣いをもらえるかもしれません。

ＮＰＯという形はあってもなくてもいいと思いますが、法人だと地域の人が信用してくれやすくなる気がします」

本当はもっと、つっかえながらだった。話している途中で泣きそうになった。いつもこうだ。小学校の学級会でだって、自分の意見を上手く言えずに泣いていた。

しかし、これはこの会議で初めてのはっきりした意見だった。

あれよあれよという間に、とりあえず金庫のお金がなくなるまで続けよう、という方向性に固まり、共生舎はもうしばらく存続することになった。

ＮＰＯの代表は、とりあえずの間、山本さんの奥さんが引き受けてくれることになった。

奥さんは、湯水のように共生舎にお金を使う生前の山本さんを、必ずしも良く思ってなかったと思う。

なのに、「いずれはあなたたちに任せるからね」と言いつつ代表になってくれた。そこにどんな葛藤があったのか、人生経験の少ないニートにはわからない。

とにかく、僕らは山奥に住み続けられるようになった。

それから５年経った今も、山本さんが残した金庫のお金には手を付けずに暮らせている。

この会議に出席した人が、知り合いに頼んで仕事を回してくれるようになったからだ。

すぐに神社やお墓にお供えする、サカキやビシャコを山に採りに行くアルバイトをやることになった。

生来のニート気質によって、上手くいかないものもあったけど、今までなんとかやってこれている。

山本さんがご存命のころにＮＰＯを手伝ってくれていた人は、月日が経つにつれひとりずつ辞めていった。

2年目からは、僕らニートが会計も事務も行うようになった。

共生舎はニートによる自主運営という形になった。

毎年、行政に書類を提出する時期は大変だけど、なんとかやっている。

山奥に住み続けられることを考えれば、そのくらいの「税金」は安いことだと思っている。

大失恋

ずっと一緒だと思っていた。

ああ、僕がもっと尽くせばよかったのか。

大事なことは、いつも失って初めて気づく。

今さら後悔したって遅いのに。

僕を捨てて、あなたは去っていく。

＊

ここ数日の間、ずっと失恋ソングを聞いていた。

こんなくさい歌詞、くだらないと思っていたのに。

会いたくて会いたくて震える？　勝手に震えてろ。

でも、今は何よりも心に染みる。

本当に食事も喉を通らなくなるんだな。

布団に入って目を瞑ると、自分の気持ちを受け取ってくれないことに腹が立ち、次に僕の馬鹿さ加減に悲しくなり、最後にはこれから一緒にいられないことに切なくなった。

いや、本当に失恋したわけではない。

相手は70のお爺さんだった。

山本さんが亡くなってから3ヶ月後。

僕らは家賃無料で住んでいる農家の家主から、出ていってほしいと通告を受けた。

僕は、家主のお爺さんと上手くやっていると思っていた。

使っていないからと、足がない僕らに軽トラを貸してくれていたし、僕らの様子を見に来たときはいつも楽しく会話していた。おすすめの本を紹介してもらったが、僕はすでにその本を読んだことがあり、感想を話したこともある。

なのに、無情にも、僕らには退去通告が言い渡された。

期限は、今年中。あと5ヶ月。

でも、理由を聞くと納得せざるを得なかった。

大家さんは山本さんの古い知り合いで、歳も近い。

山本さんが亡くなって、自分もいつ旅立つかわからないと思ったそうだ。持病も抱えている。そして、自分が死んだとき、複雑な遺産――たとえば、他人のニートが住んでいる古民家――の処遇で息子を困らせたくないということだった。

もしかしたら、僕らがもっとしっかりしていて、こまめに掃除や、畑の手入れや、周りの草刈りをしていたら、違う結論になったのかもしれない。

ただ、実際エネルギッシュではつらつとした印象だった大家さんは、山本さんが亡くなってから急に元気がなくなって見えた。

だから何も反論できず、僕らはただ退去通告を受け入れるしかなかった。

僕はまるで最愛の女性に振られたような気分になって、毎晩涙で枕を濡らした。恋愛経験はおろか、人と関わる経験がほとんどなかったから、こんな気分は初めてで、男女にかかわらず人に振られるのは辛《つら》いのだな、と思った。

３ヶ月の間に、山奥ニートは僕とジョーくんの他に、２人増えていた。

２人とも、僕の生放送を見て来てくれた。ひとりはジョーくんと同い年のフリーター、もうひとりは30代後半で最近仕事を辞めたばかりだった。

新しい家はなかなか見つからなかった。

売りに出ている家はいくつかあったが、賃貸で使わせてもらえる家はいくら探せど出てこない。

空き家バンクを頼っても、冗談みたいな金額の家が紹介されるだけだった。

こうなったらもう、みんなで１年ほど自動車工場の寮に入ってお金を貯めて、安い家を買い取ろうか、なんて話していた。

家の引き渡しの期限が刻々と迫っていた。

そんなおり、信じられない朗報が舞い込んだ。

この近くにある、元小学校の分校だった建物を譲ってもらえるかもしれない。

町からさらに遠くなるが、全体がリフォームされていて、畑付き。何より、家賃も無料、ということだった。

この報せを聞いた僕らは、あまりに良い条件を疑いながらも、笑みをこらえきれず、立ち上がってぎこちなく踊った。

これが都会での話だったら、詐欺に間違いない。

しかし、ここは山奥だった。

僕らは本当に、無料で元小学校の建物を手に入れた。

もちろん、これにはわけがある。

この元小学校、50年前に廃校になったのち、そこで先生をしていた人が買い取って住み始めた。その先生は今でも敷地の一角に住んでいるが、子どもたちが巣立って、先生と奥さん２人暮らしには校舎は広すぎる。

ということで、山本さんがそれを借りて、知的障害者の施設として使い始めた。

ところが、この知的障害者の施設、あまりに山奥すぎて、災害があった場合に大変だとなり、町に移転することになった。

そこで、同じく山本さんが立ち上げたＮＰＯが新たな拠点を探していることが耳に入り、どうせこんな僻地の建物、売っても値段がつかないからと、無償で譲ってくれることになったそうだ。

実はもうひとつ、僕らに譲ってくれた理由があるんだけど、僕らはこのときまだ知らなかった。

とにかく、僕らにとっては願ってもない話だった。

こんな幸運があっていいんだろうか。

山本さんは亡くなったあとも、僕らに贈り物をくれるのか。

手放しで喜びたくなる一方で、不安が胸をよぎった。

その先生は敷地内に今も住んでいるという。

もし偏屈な爺さんだったらどうしよう。今回のようにまた急に追い出されやしないだろうか。

集落の人に、その先生の話を聞いてみた。

その人のことを皆、〝西村先生〟と呼んでいた。全員が口を揃えて「あの人ほど立派な人はいない」と言った。

そして、決まってそのあとに「だけど、可哀想にね……」と濁した。

僕は深く聞けないまま、その〝西村先生〟にあいさつしに行くことになった。

先生と呼ばないで

僕はめったに着ない襟付きのシャツを着て、いつものサンダルではなくしっかりと靴を履いて、元小学校の建物へ下見に行った。

場所は今までの古民家より、車でさらに30分奥へ行った場所。

でも無料で建物をもらえるんなら、それくらいどうってことない。

その地域は五味集落と呼ばれていた。ゴミ集落。

ニートがゴミ集落に住んでいるなんて言ったら、何かの冗談だと笑われそうだと思った。

元小学校と言っても、その面影は外見だけ。

室内は完全にリフォームされて、近代的な施設に見えた。

平屋建てだけど、完全な個室が9つ。それ以外の場所も、工夫すれば人が住めそうだった。ありがたいことに、洗濯機や冷蔵庫、ソファなど大きな家具はそのまま残してくれた。すぐ隣には職員宿舎として使われていた建物もあった。

そのとき、山奥ニートは4人だったけど、それはそれまでの古民家で個人のプライベートを守って暮らす、限界の人数だった。

しかし、山奥に住みたいという連絡は次々に来ていた。

きっと、すぐに9つの個室は埋まるだろうな、と思った。

五味集落へ来たのはもうひとつ目的があった。これからお隣さんになる、西村先生にあいさつするためだ。

僕が初めて会ったとき、西村先生は、よれよれのタンクトップ姿だった。

年齢は70代と聞いていたけど、お爺さんとは思わなかった。

俳優の柄本明に似てると思った。あまりテレビを見ない僕だから、本当に似ているかはわからないけど、なにかベテラン俳優のような、堂《どう》に入《い》った雰囲気があった。

西村先生、と呼びかけると照れたようにこう返された。

「センセイなんてやめてください。教員をしていた時期があるから、この辺の人は先生と呼ぶけれど、先生なんて呼ばれるほど立派な人間じゃないんです」

上品な人だというのが第一印象だった。

薄汚れたタンクトップ姿だけど、話し方は丁寧で学者のようだった。

先生と呼ぶのを封じられた僕らは、潤さんと呼ぶことにした。

潤さんは校舎のすぐそばの、小さな、しかしきれいな家にひとりで住んでいる。

不思議なことに、潤さんは軽自動車と軽トラック、合わせて車2台を持っているが、運転免許を持っていなかった。

僕らは車を使わせてもらう代わりに、潤さんが町に用事があるときは、送り迎えをするという約束をした。

潤さんはことあるごとに、こう言った。

「ここでは、自由にしてください」

自由って言葉には、どこか嘘くさい響きがある。

自由競争、自由意思、自由業、自由民主党……。

それは、自由というものは、いつだって条件付きで、本当に自由じゃないからだ。

でも、潤さんが言う「自由」が、本物の自由のことだと気づくまで、そう時間はかからなかった。

「僕、これからここにニートやひきこもりを集めようとしてるんですが、いいですか？」

「それは大歓迎です。どうぞ、やってください」

「でも、ニートやひきこもりが多くなったら、この村が乗っ取られてしまうかもしれませんよ」

「ええ。乗っ取ってください」

「もしかしたら、犯罪者が来るかもしれませんよ」

「ええ、歓迎ですよ。ここではどんな人も自由です」

まるっきり即答で、迷いなく答えるもんだから、驚いた。

広い建物に引っ越したことで、山奥ニートの人数はすぐに増えていくことが予想できた。

でも、どんな人が来るかはわからない。

住みたいという人には面接をして、厄介そうな人は断ったほうがいいんだろうか、と少し悩んでいた。

「ここには人がいません。あるのは山や木や川だけです。それらは何も拒《こば》みません。それと同じです」

潤さんが言っていることは僕にはわからなかった。

でも、あまり悩んでも仕方ないと思い、それから住みたいという人を選《え》り好みしようとはしなくなった。

実際、ほとんどの場合で、この山奥が合う人は残って、合わない人は自然と去っていった。

それから、ひとつ悩み事ができるたびに、潤さんに相談しに行くようになった。

悩み事がないときも、借りてきたビデオを持って、潤さんの家に行って一緒に見た。

潤さんが映画が好きだから、というのが表向きの理由だったけど、そのうちに狙いは別のものになった。

潤さんは山で採ったサルナシやカリンをお酒に漬けて、果実酒を作っていた。

映画会のたびに、それを飲ませてくれたのだ。

棚に並んだそれは、ひとつの瓶ごとに色が違って、味もまったく別だった。

2年目からは、僕も果実酒を漬けるようになって、味を比べた。いったい何が違うのか、潤さんが漬けたものにはいつも敵わない。

元小学校に引っ越した2015年から2016年までの間に、山奥ニートは倍の8人になった。

その次の年の2017年には、さらに倍近い15人。それでようやく部屋が埋まった。

そのころ、潤さんは運転免許を取るために勉強を始めた。

ちょうど山奥ニートの中に、元タクシードライバーがいたので、潤さんに運転のことを教えた。

どうやら、潤さんはもともと免許を持っていたが、それを取り消しになったようだった。

高齢者が免許を取り直すのはやはり厳しいようで、何度か落ちたが、最終的には免許を再取得することができた。

潤さんは自身で車を運転できるようになったが、2台ある車のうち、軽トラックを僕らに無料で譲ってくれた。

ある晩、僕と潤さんはひどく酔っ払っていた。

映画会と聞くと他の山奥ニートたちも集まるようになり、5～6人は潤さんの家に押しかけることが多かったが、その日はたまたま僕だけだった。

お酒の勢いで、僕は普段聞けないことを聞いてみることにした。

「免許、なんで取り消しになったんですか？」

そのとき、潤さんは初めて昔話をしてくれた。

潤さんは幼《おさな》馴染《なじみ》だった奥さんと結婚して、小学校教員としてこの山奥にやってきた。今から50年以上前のこと、そのときの潤さんはちょうど僕が山奥に来たときと同じ25歳だった。

当時はこの集落に、子どもがたくさんいたそうだ。

だが、そのうちに、小学校が廃校になることになった。

田舎暮らしがしたくて、僻地の学校に赴任することを志願してここに来ていた潤さんは、先生を辞めて、学校を買い取ってこの山奥に住むことにした。

先生を辞めたあとは、養鶏をしたり、しいたけ畑をしたり、いろいろな仕事をしたそうだ。

我が子が巣立っていったあとは、奥さんと2人暮らしになったので、広すぎる小学校ではなく、同じ敷地に今の小さな家を建て暮らすことにした。

小学校は、知的障害者の施設として使ってもらうことにした。

その知的障害者施設を創設したのが、のちに僕を山奥へいざなう山本さんだった。

面倒見の良い潤さんは、施設の利用者との交流も盛んだったという。

だが、そのころから奥さんの行動にだんだんとおかしなところが現れ始めた。

潤さんがお酒を飲んでいたとき、奥さんが保護されたと電話が入った。

迎えに行ける人は自分しかいない。やむなく車を運転して迎えに行ったところで、飲酒運転で警察に捕まった。

奥さんは、僕らが引っ越してくる1年ほど前に亡くなった。

自殺とも、事故死ともつかない。

潤さんは、自分が悪かったのだと言う。

さらに、障害者施設も移転することが決まった。

近くに住む人は誰もいなくなる。

この山奥でひとりぼっちになることを覚悟したとき、僕ら山奥ニートが引っ越してくることが決まった。

「だから、君たちが来てくれて、本当に嬉しかった」

潤さんが淡々と話すもんだから、僕のほうが感情がぐちゃぐちゃになってしまって、涙がボロボロ出た。

ニート食品加工所

2018年、僕らの住む小学校の敷地内に、食品加工所ができた。

小さな小屋だけど、法律上の条件をきちんとクリアしている。

この加工所で、僕らは食品を作って売ることができるようになった。

材料費は、潤さんが出してくれた。

建設は、元大工の経歴がある山奥ニートを筆頭に、うちの住人で協力して行った。

ここで作ったものは、駅前にある「三川夢来人《みかわむらびと》の館」という直売所で販売する。

潤さんはこの「三川夢来人の館」の代表だ。

この店、売上は良いものの、高齢化によって年々商品が少なくなっている。

そこで我ら山奥ニートが、食品を作って売れば、直売所の売上も上がるし、僕らもお金が入るし一石二鳥、ということだった。

今は試しに、うちの住人である「ももこさん」がクッキーを作って、販売している。

そのうち、僕も何か作って売ってみようと思う。

ラー油がいいんじゃないかな。

唐辛子もにんにくも、僕らの畑で作っている。

瓶詰めすれば、保存も利く。

直売所に卸《おろ》してもいいし、ネットで売ってもいい。

あまれば、自分たちで消費することもできる。

ラー油を売って、安定した収入ができたらいいなぁ。

それに、「ニートが油を売っている」なんて、笑えない？

まぁくだらない話はともかく、加工所でカレーをいつもより多めに作って、一部を直売所に出して、残りを夕食にする、なんてこともできる。

これなら、普段と手間はあまり変わらない。

なんてったって、今の山奥ニートは15人。

料理を作るのだって、すでにちょっとしたお店のような規模だ。

山奥ニートはこれからどうなるんだろう。

食品加工所ができたからといって、すぐにみんなバリバリ品物を作ってるわけじゃない。

基本的には、食べていける分だけ稼いで、あとはのんびりしている。

集落の人との交流も、細々と続いている。

第4章

山奥ニートたち

山奥ニートはどんな人？

「あの子、明るくなったんちゃう？　最初のころはカラオケなんてよう歌わんかったのに、この前の祭りでは自分から歌っとったな」

この前、集落の人に会ったとき、山奥ニートのひとりについてそう言われた。

まぁ、変わるだろうな、と思う。

僕だって気づいてないけど、実家にいたときから変わったと思う。

人が変わる方法は3種類しかない、と聞いたことがある。

「時間配分を変える」「住む場所を変える」「付き合う人を変える」。

山奥に来たら、その全部が変わる。

それまでニートだった人は人と話したり家事をしたりする時間ができるし、会社員ならありあまる時間をどう使うか考えることになる。

山奥の澄んだ空気を胸いっぱいに吸い込みながら散歩するのは、街なかで歩くのとはまったく違う気分になるだろう。

そして、ここでは家族とも友達ともビジネスパートナーとも違う人と付き合うことになる。

そうなれば、当然性格も変わる。

変わるというより順応すると言ったほうが正確かもしれない。

これは山奥の魔法で、一時的なものだ。

僕だってここを離れて実家に戻った途端に、ひきこもりだったころの卑屈な性格に戻ってしまう。

誰にだって心に抱えたものがある。

楽しそうに笑ってる人だって、死にたい夜がある。

あえて言わないようにしていることがある。

普段、僕たちはお互いの過去の話をしない。

なんとなくタブーのようになっている。

そもそも僕らは他人に興味が薄くて、長く共同生活している人でもここに来る以前に何をしていたか知らないことが多い。それどころか、本名だってフルネームで言えるのは数人しかいない。

ここには年間１００人以上が見学に来るけど、ここが合う人は顔を見た瞬間すぐわかる。上手く言えないけど、なんとなくゆるやかな空気が流れている。

だけど、ここに住む山奥ニートが一致団結しているわけではない。

それぞれが微妙に異なる価値観を持っていて、別のことを考えている。

ここにいる山奥ニートたちは一体どんな思いでここに来たんだろうか、そしてこんな山奥に来てこれからどうしていくんだろうか。

５人の山奥ニートに話を聞いてみた。

ピエール

男｜25歳｜三重県出身｜山奥ニート歴２年

ピエールはもちろんあだ名で、彼は生粋《きっすい》の日本人だ。

ここに来た人は、自分で呼ばれたい山奥ネームを決める。

小説家志望の彼は、最初いつも使うペンネームをあだ名にしていた。その名前はどことなく暗く、そのせいもあってか彼は近寄りがたい雰囲気を醸し出していた。

ある日、あだ名は勝手に変えられて、彼はピエールになった。

なんとなく、それ以降の彼は明るくなった気がする。

今ではこの山奥で一番のおしゃべりだ。

――なんで山奥に来たの？

私、小説家になりたいんです。だから、小説を書くための時間が欲しかった。実家にいると、家業を手伝わなきゃいけなくて、なかなか小説を書く時間がとれないんですよ。それと、生活費の安いところで過ごして、なるべく貯金を長持ちさせたかったというのもあります。貯金がなくなる前に、小説家としてデビューするためにここに来ました。田舎暮らしとかは全然興味がなくて、本当にただそれだけ。

実際に住んでみたら、昔の文豪さんが理想とした環境に近いと思いました。

昔は、都会で書けない人がわざわざ別荘を買ったり旅館に泊まったりして、田舎のほうにこもって書くことがけっこうあったわけです。

たとえば、三島由紀夫は三重県の神島《かみしま》という、列島から離れた人口何百人かの小さな島に移り住んで、そこで『潮騒』を書いた。あんなド田舎で何ができるんだって思うんですけど、そこじゃないと肌で感じられないものがあったんでしょうか。

三島由紀夫はお金をかけて引っ越したと思うんですが、私はお金があまりないのに、それと似たことをここでしている。それはすごく贅沢なことだと思います。

——ここに来る前は何をしてたの？

自営の大工である父の手伝いをしていました。

朝5時に起きて、遅いときは帰ってくるのが22時。次の日もまた5時起きだから、仕事以外の時間は飯食って風呂入って寝るだけで終わり。小説を書くための時間なんて、まったくなかったです。

——じゃあ、もともとニートだったわけじゃないんだね。

高校卒業してから、本当は大学に行くつもりでした。でも学力が足りず、すべってしまって。

小学生のころは間違いなく学年一賢かったんですよ。「世の中、自分より馬鹿しかいない」と調子に乗っていました。

でも、中高に進学したら各校の「世の中、自分より馬鹿しかいない」と思ってる奴らが集まってきていて、まったく通用しなくなった。それまでは学校や塾の授業を聞いているだけでトップの成績だったのが、授業にさえ追いつけなくなってしまったんですよね。

そこで努力すればまた違ったんでしょうが、今まで努力しなくても成績が良かった人間だから、努力の仕方がわからなかったんです。最初でつまずいちゃったときに、「俺は賢いはずなんだ」という思い込みを捨てて、努力に切り替えなきゃいけなかったけど、それができずに追いつけないままで。

高校は地域で一番賢い学校で、進学率はほぼ１００％。トップの奴らは東大の医学部に進学し、慶應や早稲田も多くて、立命館だと「ふーんそうなんだ」って言われるような環境。大学に行かないという選択肢なんてない世界でした。

なのに私は学力が足りずに受験に失敗して、一浪させてもらったけどなんにもなんなくて。

――その後は？

父の仕事を手伝うことになりました。でもとにかく嫌で嫌で。

子どものころから、父の仕事を手伝うつもりなんて、まったくなかったんです。父親は高卒で自分で事業を興《おこ》してバリバリ働いている風だったので、私とは別の人生だと思っていました。親父《おやじ》のほうも継いでほしいとは考えてなかったと思います。勉強していい大学に入って、末は博士か大臣かと思っていただろうに、こんなことになって、一番残念がってたのは親父なんじゃないですかね。

仕事も嫌々やっていたので、全然使い物になりませんでした。頭でっかちのクズ。現場では何も通用しなかった。でも親父は丁寧に教えてくれました。そういう面では感謝しています。失敗したときはボロクソ言われましたけど。

――そのまま家業を継がなかったの？

向いてなかったんですよね。

たとえば、大工の仕事は１２１㎜って言われたら、１２１㎜ちょうどで切らなきゃいけないのに、私は自分の勝手な判断で１２０㎜で切り捨てちゃう。いかに指示通りに施工できるかが腕の見せどころなのに、自分がいいと思ったようにやってしまうので、大工は自分には合ってないなって思いました。

――山奥ニートしていることに対して、お父さんはどう思ってる？

あんまりよくは思ってないでしょうね。でも、この前実家に帰ったときは、「山奥で、いろんな人に接することができるのはいいよね」って言ってくれました。
　本当は地元で就職して、実家から通ってほしいと思っているでしょうね。今はいいけど、ずっと無限にニートしていて良いわけではない。だから早く小説家としてデビューしないと。

――山奥にはすぐに馴染めた？

　最初は「小説書かなきゃ」という焦りが強くて、リビングにいても隅で本を読んでいるだけでした。人見知りなので、どう接したらいいかわからなくて。でも話しかけてくれる人もいて、だんだんと馴染んでいきました。
　ここに来るまでボードゲームなんてやったことなかったんですけど、今では私が一番ハマってます。新しいボードゲームが来ると、「ルールを読むのが面倒だから」って私が呼び出されるんです。自分は細かい文章を読むのが苦じゃないんですが、そういう人はけっこう少ないんだと気づきました。

あと、こっちに来てから俳句をやり始めました。

――やってるね。たまに僕も参加する。

小説はずっと好きだったんですけど、これまで俳句はあまり興味がなくて真面目に勉強してこなかった。でもこんなに自然に囲まれているんだったら、俳句をやらないと損だなと思ったんです。

畑を耕してみるとか散歩してみるとか、自然と触れ合うためにはいろんなアプローチがありますけど、インドア派の私の場合は俳句です。

私が「一緒に俳句やりませんか」って声をかけたら、何人かが乗ってくれて部活動みたいになりました。ひとりで俳句を詠むのもいいんですけど、みんなで一緒に俳句を考えるほうが楽しいです。

前に、深夜2時のリビングに3人くらいで集まって句会をしたときは、一冊の歳時記を2人で並んで見ながら「この季語カッコ良くないすか」「この季語で詠みたいなあ」とか言い合えるのが楽しかった。女の子がウィンドウショッピングで服を選ぶテンションに近い。「この服かわいくない？」「これはダサいよ」「これとこれ合わせるの良くない？」とか。服だったら、買うと決めたらお金がかかるけど、こっちは歳時記をめくっているだけだからお金がかからない。よりインテリジェンスで高尚なウィンドウショッピングですよ。

それに、俳句は小説を書くときの役にも立っています。小説は10万文字書くんですけど、俳句の17文字を大切にできない奴が10万文字を大切にできるわけがない。

たとえば「蛍」って一言置かれただけで、時間は夜、季節は夏、場所は川のそば、夜で川の近くだからもしかしたら涼しいのかな。湿度が高くてじめっとしてるはず。蛍は清流にしか棲まないと言われているから山の中か田舎なのかなって、ここまでの意味が凝縮されている。俳句はそういうことを要求されるから、俳句をやることで小説の表現力、描写力はすごく伸びたと思います。

——自分の趣味に付き合ってくれる人がいるのは嬉しいね。

日本国民全体で言ったら、俳句って聞いた瞬間に拒否反応が出る人が9割だと思います。「古いわ」とか「かったるい」とか「難しそうで無理」とか。川柳や短歌と区別がついてない人も多い。俳句の意味すらわかってない人が多い中で、私と一緒に俳句やる人がけっこういるっていうのが、この環境のすごいところです。

――地域の人と交流することはある？

あまり外に出ないですが、村の人には「木漏れ日のにいやん」ってあだ名で呼ばれています。きっかけは地域清掃のとき。道に落ちているゴミを拾いながら、せっかくだしということで俳句を考えていたんです。5月のいい感じの気候で、木漏れ日が差していて、それで一句詠もうと思って木漏れ日木漏れ日とつぶやいていたら、それを見ていた地域の方に「木漏れ日の人だ」って記憶されたみたいで……。

――ちなみに、ここにはどういう人が集まっていると思う？

私はここ、亜人種の村だなって思うんです。人間種に追いやられたエルフとかドワーフとか獣人とかが、山の中に逃げ込んで隠れて住んでいる。

それまで人間種のふりをして人間の社会にいたんだけど、それが嫌になって来た人ばかりなんじゃないですか。よく「働くのが嫌」って聞くけど、本当に労働自体が嫌なのか、それとも人間と触れ合うのに嫌気が差したのか、どっちなんでしょうね。ただ働くだけなら大丈夫なのに、気持ち悪い人間関係が一緒についてくるから嫌っていう人が多いんじゃないかと思います。

山奥ニートの人たちって、停電になったらみんな協力して行動しますし、水が使えなくなったらみんなで直しに行ったりするし、意外と怠け者じゃないですよね。そう考えたら、働きたくない人が集まっているんじゃなくて、人間種が嫌になった亜人種が集まっているだけなんじゃないかな。

一口に亜人種と言っても一種類だけじゃない。その中にエルフやドワーフ、獣人など細分化された種族がいます。それぞれ風習が違うし、信仰する神も違う。亜人種の中には、人間種がＡＤＨＤとかアスペルガーとか勝手に名前をつけてる種族もいるかもしれない。

多くの亜人種たちは人間種を装って生きています。それはめちゃくちゃ大変だし、そのせいで病に侵されてしまうことも珍しくない。逃げるにしても、ほとんどの領域が人間種に制圧されていますから、どこに行けばいいかわからないわけです。そうなるともう部屋にひきこもるしかない。

でも、そうではない別の選択肢として、集団で山に住んで、世俗の愚かな人間種たちと距離を置くっていう選択をしたのが山奥ニートなのかなって思います。

亜人種たちには亜人種たちのルールがあって、この山奥はそのルールで動いているから上手く回っているんじゃないでしょうか。人間種のように明文化されてないから、わからない人にはわからないかもしれません。

ここに来て、「今まで辛《つら》かったのは自分が人間種じゃないからだって思ったら、なんかしっくりきたんです。小説とか映画とかで、人間じゃないものが人間になりたいって話があるじゃないですか。でも私は高潔な亜人でありたい。人間にされるくらいなら死ぬ！　って感じです。

――どんな小説を書いているの？

性格ねじまがってるホラーとか、ダークファンタジーとかそんな奴ばっかりです。あんまり現実味のある話は書かなくて、おかしい話ばっかり。

去年新人賞に送ったのは、バイオパンクSFです。生物学がすごく発達した世界で、人工的に作られたほとんど不死身の生物が、同種同士、コロシアムで殺し合いをさせられるっていう……。賞には箸にも棒にもかからなかったですけど。

――作者の価値観がめちゃくちゃ作品に出てる……。山奥に来たことは小説に活かされてる？

小説家になりたいと思う上で気が楽なのは、全部が経験になるってところです。たとえばバイトしていても、普通の人なら「なんで自分がこんな低賃金で働かされてるんだ。何の意味があるんだ」と思うかもしれませんけど、小説を書くなら、作品中でその仕事をしている人を描けるようになるわけです。

ここでの生活もそうで、訪ねてきたお客さんから話を聞いたり、シカを解体したり、みんなで一緒に映画を見て違う視点を知ったり、それらすべてが経験になる。家で仕事するだけだったり、小説を書いたりしているだけではわからないことがたくさんあった。

来る前は成長とか学びとかそんなの関係なしに、とりあえず書く時間と場所が欲しいとだけ思って何も期待していなかったんですけど、こっち来ていろんなことが勉強になったなって思います。

——今の収入源は？

たまに測量の仕事とか、梅採りの仕事とかすることもありますけど、基本は実家で働いていたときの貯金を切り崩しています。

今はニートでいいけど、ゆくゆくは卒業しないといけません。この貯金が尽きる前に小説家としてデビューするのが目標です。

小説を書き始めた中学生のころは、自分は特別な人間で、だから特別な人生を送って特別な成果を上げられるんだって疑わなかった。

それからもう10年以上経ちました。

本当に特別なんだったらとっくの昔に結果を出しているはずです。天才じゃないし、才能もないし、理屈をこねくり回しているだけのクズのニートなのはわかっています。でも次の新人賞にも送ります。

今は小説投稿サイトがたくさんあって、書いたものを読んでもらうことだけなら比較的簡単にできます。でも、この無料のものが溢れている時代に、わざわざお金をかけて物理データの紙の本を買ってもらえる存在になりたい。

父親は商売人かつ職人でした。職人として腕に自信を持っているところも、商売人として上手くやりくりするところも私は見てきた。

私は親父に対してめちゃくちゃコンプレックスを持っているし、同時にめちゃくちゃ憧れているんだと思います。

「尊敬する人は誰？」って聞かれたら、歴史上の人物じゃなくて父親と答えます。

そして、自分も小説を書くことでそういう存在になりたいんです。

私は山奥ニートの中では異端なのかもしれない。本当はお金が欲しいし、有名になりたい。自己承認欲求が強くて、私が存在する理由をずっと探している。

お金が欲しいといっても、高級外車に乗りたいとかロレックス巻きたいとかおいしいもの食べたいとかは全然なくて、数値として自分の存在価値をはっきりと示したいんだと思う。

小説って自分の切り売りじゃないですか。自分の中にある言葉を他人に見せて、お金を払ってもらう。それで成功できたら、私がここにいる理由も見つかるのかなと思います。

ももこ

女｜年齢秘密｜愛知県出身｜山奥ニート歴半年

ももこさんは女性で最初に山奥ニートになった人だ。

僕は、山奥に女性が来るなら中性的な人だと思っていた。ところがももこさんは一番好きな色はピンクで、かわいいものが大好きだ。異性と話した経験が少ない男が多いから、どうなるか心配だったけど、半年経った今ずいぶん馴染んだように思う。

――どうやって山奥ニートの存在を知りましたか？

インターネットで「山奥　働きたくない」って検索したらここが出ました。お金をあまり使わない生活がしたかったんですけど、お金を使わないっていったら仙人しか思い浮かばなくて、それで山奥かなと思って検索してみたんです。友達に相談したら、「そんな閉じられた空間で、もし恋愛がこじれたら殺人事件が起こるよ」って言われました。全然考えてなかったので、そうなのかーと思いました。でも実際はそんなこと全然なかったですね。

――ここに来る前は何をしていましたか？

英会話スクールの受付とか、知的障害者の介助職員とか、法律事務所の事務職員とか、いろんな仕事を転々としていました。

英会話の受付をやっていたときは正社員だったので、もうずっとここで働くんだろうなという気持ちでした。でも、その会社はブラック企業だったんです。勝手に減給されたので、労基局（労働基準局）に相談したんですけど、「辞めるか、減給のまま働き続けるかですね。勧告はできるけど、強制はできないから、訴訟を起こさないと難しいです」って言われてしまいました。

結局、会社に見くびられてるのが嫌だったので辞めました。仕事自体はすごく好きで、いろいろ任されていたから、残念でした。

――働くこと自体は、そんなに嫌じゃなかったんですか？

嫌だったけど、他に選択肢が思い浮かばなかったんです。なぜか、フルタイムで正社員で働かなきゃいけない、社会人にならないといけないと思い込んでいました。

だけど、前職の法律事務所で、毎日不倫や遺産争いの話を聞いていたら、だんだん鬱々としてきて。世の中にはこんなにトラブルが多いのか、永遠の愛を誓って結婚したとしても、裏切って裏切られて、みんな別れていくんですよ。資料として持ち込まれた5年前の写真では愛し合っていた2人が、今はいがみ合って財産分与や慰謝料でもめている。

その職場ではアルバイトから正社員に強く誘われていたんですけど、そういう仕事内容に嫌になってしまいました。

都会はしがらみも多いし、そういうのから距離を置きたいと思っていたんです。

——山奥に来て何か変わりましたか？

明るくなりました。安心してるからかな。みんな知ってる顔だから、びくびくしなくなりました。

見学者の方が来ることもよくありますけど、こっちに興味を持ってくれて敵対的じゃないから、話しやすいです。

――仕事して安定した収入があるときのほうが、安心できるんじゃないですか？

そうですかね？　ここならそんなにお金を使わないし、もしお金がなくなっても不安は感じないだろうなぁと思います。みんななんとかやっていってるし。お金がなくなったら、なんでもやりますけど、今は毎日楽しいからこれでいいや。ボードゲームやって、ミズハちゃん（山奥ニートのひとり）と川遊び行って、散歩して、部屋で2人でユーチューブ見たり踊ったり歌ったり笑ったり。

今はミズハちゃんと相部屋なんですが、とっても仲がいいです。女性が少ないから、他に代わりがいないっていうのもあるかもしれません。お互いが拠《よ》りどころになっています。

私がここに住み始めたときは、女性がひとりしかいなくて、話し相手がいなかったんです。みんないい人で、嫌な人はいないんですけど、アニメやゲームの話ばっかりで、どう話しかけたらいいかわからなかったんです。

でも何ヶ月かして、2人目の女性のミズハちゃんが来て、それからだいぶ変わった気がします。明るくなれたし、やさしくなれたって思います。

ミズハちゃんも変わりましたね。一緒にいるときも自分のことを話すようになってくれたし。私が「ユーチューブ見て一緒に歌おう」と誘っても「絶対無理」って言っていたのが、今は小声でぽしょぽしょだけど歌ってくれるようになった。

ミズハちゃん、最初は敬語だったんですよ。でも最近はタメロで話してくれて。私が彼女の立場だったら、10歳くらい歳が違う相手にそんなに心を開けたかなって思います。彼女はそれを軽々とクリアしていて、すごいと思う。ミズハちゃんがタメロになって、「ももこさん」じゃなくて「ももこちゃん」って呼んでくれるようになってから、私ここにいてもいいんだ、って思えるようになりました。

あと、他に女性がいると、何も考えずに隣に座れるっていうのがいいです。女性だから心を許せる部分もあるし、距離が近くても全然何も感じない。夕食の席とかも、男性の隣には座りづらいんです。男性の隣に座ると、変な意味が出てきちゃう気がして。

――座る位置なんて全然考えたことなかったです、すみません。うちの男性陣は

ほとんど異性を意識してない気がします。山奥ニートと付き合うのはありえないですか？

ありえないわけじゃないと思います。

でも、それより今の山奥ニートの誰かが恋愛してるところを見てみたいかも。恋をするとみんな変わるじゃないですか。今見せてる顔とは違う顔があるのかなって。応援したいです。それとなく、好意があるのか聞き出しますよ！

——山奥ニートたちの関係って一体なんなんでしょう？

なんなんですかね。家族とは違うと思います。家族って、もっと閉鎖的なイメージがあります。お父さんお母さん子どもで、血の繋がりでギュッと縛られてる。ここはオープンじゃないですか。だから家族じゃないと思います。

友達でもないなぁ。仲間っていうのも違う気がする。みんな適度に距離を保っていて、方向性がバラバラ。なんて言えばいいか、言葉で表すのは難しいですね。

でも、大昔ってこんな感じだったんじゃないかなぁと思います。
あっ、動物の群れみたいだ。群れでも気が合わないと出ていくじゃないですか、そんな感じですね。動物的なのかもしれない。

――群れって面白いですね。しっくりくる。

太古の人間はこんな感じで、狩猟に行く人もいれば、残って料理する人もいれば、何もしない人もいたと思うんです。お金とかない時代だからそれでいいんだと思うし。
オーストラリアのアボリジニってほぼ何も持たずに移動するらしいじゃないですか。自然がすべて。必要なものは自然から与えてもらえる。
昔の人はそうだったんじゃないかな。まぁなんとかなるだろうって。

――10年後、どうなっていると思います？

ここで暮らしていると思います。今と変わらない生活をしてそう。散歩して川遊びして、新しく入ってきた子のお世話をして。

このままでいけたらいいですね。今、自分からやりたいことは特にないんですけど、ミズハちゃんが畑行こって言ってくれたり、朝ごはん作ってくれたり、カーテンの端《は》切《ぎ》れを集めて何かしようとしてたりするのを手伝っていけたらなって思います。

無理に「何かをやるぞ」って決めたら、折れちゃいそうな気がする。ゆるいほうが上手く回るんじゃないかな。

いくみん

男―23歳―千葉県出身―山奥ニート歴1年半

いくみんに初めて会った人はみんな女性だと勘違いする。胸くらいまで伸ばした髪はサラサラのストレート。スカートをはいていることが多い。持っている服のほとんどは女物だという彼は、山奥ニートの中でも一番地域の人と交流が多い。

――なんで女物の服を着てるの？

自分に似合っていればなんでも着る感じです。幼少のころから姉のお下がりを着ていたので、自分にとっては違和感がないことでした。

――でも女装してるつもりはないし、ゲイでもないんだよね。

そうですね。恋愛対象は女性ですし、女性になりたいわけでもありません。でもいつも女性に間違われます。男性の山奥ニートと一緒にいたときに、地域の人から「ご夫婦ですか？」って聞かれたこともあります。こっちに移り住んでから、初見で自分のことを男だとわかった人はほとんどいませんね。

――山奥ニートになる前は何してたの？

一応、声優をやっていました。ほぼフリーなんですけど、担当のマネージャーはいました。ゲームとか商品紹介のナレーションとか、深夜番組の間にあるような、10分くらいの小さい番組のナレーションをしていました。

自分は地声が高くて、学校の授業で教科書を読むと女みたいだって笑われていたんですけど、それを活かせる仕事があるんだって思って嬉しかったです。

でも、それだけじゃ稼げないので、他に喫茶店のバイトをしていましたけどね。

――なんで声優の仕事を辞めたの？

頑張りすぎて喉潰れちゃったんです。

今はしゃべれるようになりましたが、本当にひどいときは一言もしゃべれないくらいでした。治るまでに7～8ヶ月かかって、それだけ長い間仕事を受けられないとオファーもなくなっちゃって。

それで、他のお仕事を探しているうちに交通事故に遭ってしまって、左足を複雑骨折。リハビリ含めて1年くらい病院通いでした。今もその後遺症で、歩くときは左足を引きずって歩いています。

――そこからどうやって山奥に行くことを決めたの？

そのころ、家庭の問題もあったんです。私は母親に嫌われてるんですよ。母親が私を身ごもったタイミングに、前の父の浮気があって、一番険悪なときに自分が生まれたみたいです。だからなのか、姉や妹とは全然扱いが違うんです。病院から家にリハビリで戻ってくるたびに、母親から嫌味を言われていました。

それを見かねた今の父が「家にずっといるのもきついだろ」と、ここを勧めてくれました。母親もここまで探しには来ないだろうって、ほとんど逃げるような形でした。

――他の人に勧められて来た人は珍しいね。でも勇気のいることだったんじゃない？

あのときは「どうとでもなれ」と思っていたんです。ここに来たときは、いろいろと投げやりでした。常に部屋の隅っこにいて、人ともほとんど関わろうとしませんでした。

今もあまり外に出ず部屋にこもってるようなタイプですけど、リビングに出ていったときは普通にみんなと話すようになりました。

――ここに来て変わったことは？

明るくなったと思います。というより、元に戻ったのかもしれません。喉や足を痛めて塞ぎ込む前の状態になった。足のハンデがあってやれないこともありますけど、自分でやれることを探してできるのが楽しいです。

――都会から山奥に来て、不便さは感じない？

自分は車を運転できないので、仕事に行くたびに誰かに運転してもらうのは申し訳ないと思っています。でも、買い物はアマゾンを使いますし、そういう点では特に困っていることはないです。

ゲーセンに行けないのはちょっと寂しいですけど。街に住んでいたときはゲーセンとカラオケによく行きました。ここでも3ヶ月に一度くらいはカラオケに行きます。町のカラオケ店まで車で2時間くらいかかるんですけど、その場のノリで行っちゃうのが面白いですね。

「今度カラオケ行きたいですね」っていう話が、「なんか今歌いたいな」って流れになって、夜7時くらいに出発して、次の日の朝9時くらいに戻ってくるとか。

みんなダウンしちゃうんですけど、それもここならではだなって思います。みんな暇なので、面白いことやるってなるとみんな行きますから。

――家族以外の人と住むのは初めてだったんだよね。

ここに来た当初はどう接していいかわからなくて、いろいろと手探りで緊張していました。今は個人個人で好きにやっていいんだってわかったので、自分の過ごしやすいように過ごしている感じです。

人と関わるのがめんどくさければ自分の部屋にいればいいですし、誰かと関わりたければリビングに行けばいいですし。自分の時間も他人と過ごす時間も両方あるので、個人的にはこうやってみんなで住むのは楽しいです。

実家にいたときは妹が勝手に部屋に入ってきて「このやろう」って思うことがありましたけど、ここだと適度な距離感があって楽です。

――この生活で困ったことは？

私、虫が苦手で。そこら辺に飛んでいる蚊とかならまだいいんですけど、大きなカワゲラやクモがいると思考停止しちゃいます。向こうから去っていくまで何分でも待ちます。

ある住人がムカデを追い払おうと追いかけたら、隣の私の部屋に入ってきたので、思わずきゃーって悲鳴を上げたこともありましたね。

殺虫剤を使っているんですけど、部屋で連射したら自分も気分が悪くなって、一日中リビングのソファに寝転がるはめになったこともありました。虫だけは未だに慣れないです。

――いくみんは村の人と交流が多いよね。

散歩中、村の人に会うたびにあいさつはしていたんですけど、最初はそこまで話すことはありませんでした。

こっちに来て1ヶ月くらい経ったとき、下の畑でひとりで作業している人がいまして、大変そうだなって思ってちょっと手伝うところから始まった感じですね。そこから畑を手伝ったり、獣害対策のネットを張ったり、お茶摘みを手伝ったりするようになって、少しずつ関係を持つようになりました。

さらに何ヶ月か経って、地域の支援員さんとお話しするようになって、駅の近くにある直売所のお手伝いをするようになったんです。最初は年末年始の人手が足りないときの補欠要員だったんですけど、働きたいと言ったら、週に1回働かせてもらえるようになりました。

給料は１日５０００円で、月に2万の収入です。ギリギリですけど、生活はしていけます。

最初は慣れなくて失敗することもありましたけど、今じゃ苦になることはないですね。常連の人もいて、顔を覚えてもらって世間話もしたりするくらいになりました。失敗しても、「次からは気をつけてね」くらいのゆるい感じですし。

――周りの人とすごく歳が離れているけど、その点は大丈夫？

お客さんも地域の人も、自分より50歳くらい上なのが当たり前ですね。確かにみんな見た目はお爺ちゃんお婆ちゃんなんですけど、中身が若いんですよ。私たちより体力あるんじゃないですか？

毎週、昼過ぎになると常連のお婆ちゃんが来るんです。もうすぐ１００歳なんですけど、いつも自分で商品を持って歩いて帰っていきますね。若いころの話を聞かせてもらったり、私と比較して「やっぱ違うわねー」って言って盛り上がったりします。
　みんな若くて明るいので、特に気を遣っているつもりもなく楽しく話せます。そうやって世間話をしていると、パンやお菓子を買ってきてくれる人もいて、嬉しいですね。

——でも服装のことは何も言われないの？　だいたいスカートはいてるよね。

　働き始めた当初はやっぱりみんなから女の子だと思われていましたね。男ですよって言うとみんなびっくりしますけど、「まー、似合ってるわね」と言ってくれて嬉しいです。お婆ちゃん方に「モデルさんみたい」と言われて、落花生《らっかせい》とかみかんとかお土産いろいろもらったりします。
　都会だと見ちゃいけないものみたいな感じで無視されますけど、ここだと「本当にこんな格好する人いるんだ！」って大きな反応をしてくれるのが私にとっては嬉しいです。それが会話のきっかけになることも多くて、「どこで買うの？」ってよく聞かれます。

店の前を学生さんがよく通るんですけど、私が外を掃除してると話しかけられます。どんなお店なのか説明すると、今度来ますって言ってもらえたりして。「若い女の子が入った」という話が広まって、それを見に来るために買い物しに来た人もいるらしいです。

――そのキャラクターが受け入れられてるんだね。ガチガチの会社員だったら絶対スカートはダメって言われるのに。でもここだと受け入れられてるんだ。

中年くらいのちゃんとした社会人だと、こういうラフすぎる格好は受け入れがたいのかもしれませんけど、70以上の高齢の方だと気にならなくなるみたいですね。「そういうのがあるんだ？」って、むしろ興味津々でいろいろ聞かれます。案外こういうところのほうが、私みたいな変わった人を受け入れてくれるのかもしれないです。

でも、外の地域の人は驚くみたいですね。お客さんが来ているときに、寝間着にしている着物風の服でリビングに行ったんですが、あとから聞いた話によると、

「着物の女の人がいるんですけど、みんな見えてますよね……？」って確認していたそうです。住人は慣れていて無反応だから、自分だけ見えてると思ったんでしょうか。みんなも悪ノリして「女の人なんてここにはいませんよ」って答えたそうです。そのときはまだももこさんが来る前だったので。

――山奥の暮らしは楽しい？

楽しいです。都会だと楽しいことがあっても、それが終わるころには「終わったら、まためんどくさい仕事だのなんだのがあって憂鬱だな」って思うことが多かったんですが、今は楽しいことがあったら、「次も楽しいだろうな」って思って終われる。それに、疲れたらいつでも部屋に戻れるし、またやりたいならすぐ次ができる。

都会だと何をするにもお金がかかるので、お金がかかった以上、楽しんで元を取らなきゃって思っちゃって、疲れたと思ってもだらだらと長く遊んじゃうことがありました。でも山奥だとほとんど無料で、元を取ることを考えなくていいので、好きなようにやって好きなように終わればいい。それがすごく楽ですね。

――これからしたいことは？

今、手持ち無沙汰でお金もないので、自分も商品を作ってお店に出したいなぁと思っています。

この地域でミツバチを飼育している人が多いので、はちみつを取ったあとに残る蜜蠟《みつろう》を使ってハンドクリームを作れないかと思ったり。実際試しに作ってみた人がいまして、それがけっこういいんですよ。これが売れるようなら本腰を入れて作ってみようと考えています。

蜜蠟だったら養蜂をやっている人から譲ってもらえますし、あとは食用油とケースだけ用意すればできます。４００円くらいで売ったら、儲けが２００円くらいでいけるかな。今のままでもはちみつの香りが少しありますけど、ちょっと物足りないので、このあたりに自生している花を使って香りつけできれば、この地域を活かした限定のハンドクリームとして売れるんじゃないかと思います。

あと、地域の直売所はお寺の近くにあるので、お供えする花木がよく売れるんです。その収穫を手伝って、稼ぎを上げていくことも考えています。

ここではご高齢の人がいろいろとやっているので、できれば私もできることを増やして、代われるところは代われないかと思っています。私はここに住まわせてもらっている身なので、地域の人との交流で自分ができることを増やしていきたい。その結果、お店の売上も自分の給料もよくなれば嬉しいし、次に何かをやってみようという人のためのきっかけになれば嬉しいです。

ろき

男｜25歳｜神奈川県出身｜山奥ニート歴1年

ろきくんは元・山奥ニートだ。

大学を出たあと、新卒でここに来た。

1年間山奥ニートをしたが、その後実家に戻って就職した。

なぜ山奥を去ろうと思ったのか、山奥の経験は今どう活かされているのかという話を中心に、今後はどうする予定なのかを聞いてみた。

――なぜ、大学を出てすぐ山奥ニートになろうと思ったの？

就職するとなると、履歴書を書いて面接を受けなきゃいけない。それがめんどくさかった。就職活動の面接って、「僕は人よりこういうことができます」とか自分の魅力をアピールしなくちゃいけないけど、今まで「謙虚に生きなさい」って言われてきたのに、いきなりそんなこと言われてもって感じで。

結局、就職活動は友達に誘われて行った数社だけで終わり。それで、大学を卒業したあと、就職からどう逃げようかいろいろ調べて、辿り着いたのがここ。

他に選択肢は見つからなくて、ここしかないなって思った。

山奥にいたときは毎日楽しかったな。村の人に手伝ってほしいと言われて草刈りをしたりテレビを設置したり、祭りの手伝いしたり、たけのこを掘ったり魚を釣ったり……。

暇だと思ったことは一度もないんだけど、心の中では葛藤があって。

山を降りて働いたほうがいいのかなって、自室にこもって考えていた。リビングでみんなでワイワイ話をしているときに不安はないんだけど、ひとりになったときに自問自答しちゃうところがあった。


――山奥でずっと暮らすのは何がダメだと思ったの？


単純にお金がなかった。今は旅館やキャンプ場のバイトが時季によってあるみたいだけど、僕が住んでいたときは収入が不安定で、村の人から個人的に頼まれる草刈りとかしかなかったから。

それに、快適すぎて沼にハマる感覚、これは極楽地獄だなって思った。溺《おぼ》れてもいいのかもしれないけど、暇を上手く活かせる人じゃないと一日ゲームして終わっちゃう。そうすると気分も沈んでいくでしょ。

働き始めてから陽気になった気がする。規則正しい生活をするから、鬱々とはしなくなったね。山奥は日照時間が短いという理由もあったのかもしれない。

――でも、就職活動するのは嫌だったんでしょ？

最初は一時的に山を降りて、実家からバイトに行ってフリーターしてたんだよ。それで週2日働いてみたらまだいけるなって思ったから、3日4日と増やしていったら「なんだ、働けるじゃん」ってなって。派遣の棚卸しだったから、接客はなくて気が楽だったし、毎回場所が違って新鮮だし。

働くうえで大きかったのが、「ダメなら山奥に戻ればいい」っていう心の保険があったこと。

山奥の感覚がベースにあるから、毎日、その日に稼いだ金額を「山奥に換算すると何日間暮らせる」と考えていたんだけど、そうしているとお金を稼ぐのが楽しくなった。

たとえば、1万円稼いだら山奥の半月分の生活費になるわけで。街で自立して生活するなら半月で10万円くらい必要だけど、1万円稼ぐだけでそれと同じくらい稼いだみたいな気持ちになる。

そんな感じで半年間バイトしたあと、ダメだったら山奥に戻ればいいから試しにサラリーマンやってみるかと思って、捨て身の感覚で面接に挑んでみたら、一社目でするすると進んでしまった。履歴書には、山奥でやってきたことを書いたら、すぐ埋まったよ。

――山奥の経験はサラリーマンに活かせてる？

飲み会のときには話の種に困らない。社長や取締役の人と話しても、シカ獲ってたとか、ひまわり畑作ったとか、山奥の話をすると興味持って聞いてくれるよ。普通の会社員とは全然ベクトルの違う経験をしているから、世界一周旅行するより貴重な経験かも。

――山奥から降りた人は連絡が取れなくなることが多いけど、ろきくんは今でも連休になると遊びに来てくれるよね。

あそこは楽しいイメージがあるから。他の人がゲームしているのを見て、面白そうだと思って自分もやってみたりして。

変に旅行するより安いし、肉持っていってバーベキューすると神扱いしてくれるし。７０００～８０００円であんなに喜んでくれることってあんまりないよね。

お店で飲み食いすると１人につきそれくらいかかるけど、山奥で食べれば同じお金で贅沢できる。

それに、行くたびに新しい人が増えているのも面白い。みんな「働きたくない」っていう根っこの部分が一緒なんだよね。「あいつを論破してやろう」「教育してやろう」という戦闘タイプが来ないじゃん。

もし来ることがあっても、あれだけの人数がいれば、数で非戦闘タイプのほうが有利。そういう場所って他にないと思う。

――山奥と都会で違うことはある？

他人の目があるかないかは大きいかも。都会は常に他人の視線を感じるけど、山奥は開放的でいられる。たとえばパジャマで散歩していても、山奥ではそれを咎める人がいなくて、そういうのがすごく楽だなって感じる。

それに、都会にいると業務上の付き合いで気が合わない人とも付き合わなきゃいけないからやっぱりストレスは溜まる。

あとは、人との距離が物理的に近くて、歩くだけでも肩と肩がぶつからないように神経遣わなきゃいけないこととかもストレス。


――ろきくんに会うために久しぶりに都会に来たけど、さっき怒鳴ってる人がいて怖かった……。


人間、幸せになるにはあんまり人と接しないほうがいいのかもしれない。

高度経済成長以前の時代と比べると、人と会う機会が格段に増えているよね。

それまではだいたい同じ価値観を持つ村の人としか会わなかったのに、人口が増えて都会に集まりすぎた結果、何考えてるんだかわからない人とも接しないといけなくなった。たくさん人がいたら、常識も違うに決まっているのに、「そんなことも知らないのか」って怒ったりしている。

――これからも都会でサラリーマンを続けるの？

とりあえず3年働いてみようと思ってる。3年続けると、「一人前になった」と人を見る目がなぜか変わるみたいだし。

そのころには多少貯金もできているだろうから、家を買おうかな。人口が減っているのに新しいマンションはどんどん増えて、今後はもっと家の値段が下がっていくはず。みんなが働いている理由って、家賃とか家のローンとかが大きく占めているような気がするけど、ただ寝て起きる権利のために働くのは嫌だなって思う。

山奥に戻るのも全然ありだけど、どこか別の古民家を安く買って、別荘にしたりリモートで働けるようにしたり、そういうことをしようかと考えてる。「山奥に行けば、バリバリ働かなくても食べるのはなんとかなる」ってベースがあるうえで、サラリーマンでお金稼いでから山奥行ったら、いろんなことができそうだよね。

今は社会全体が「ゆるーく生活する」ほうにシフトしていってるように思えるんだけど、山奥は今それで成り立っちゃってるわけじゃない。ある種、先端を行ってるんじゃないかなって思うよ。

ジョーくん

男｜29歳｜東京都出身｜山奥ニート歴5年

ジョーくんは僕と同時に住み始めた最初の山奥ニートだ。

もう5年彼と一緒に住んでいる。

そのせいか、なんだか2人きりで話すと照れくさい。お笑い芸人のコンビもこんな感覚なんだろうか。


——山奥ニートをするまでは何してた？

まあ、ニートですね。高校をなんとか卒業して、そこから働くのが嫌でだらだらと。ネットでゲーム実況ばっかり見ていましたね。繰り返し、堂々巡りですよ。一番嫌だったのが、昼ごろパートを終えて帰ってきた母親が、当たり前のように昼飯を作ること。

動いてないから腹減ってないのに、無理矢理食べさせられるのが嫌で。一日一食でいいのに。家から出たかった理由はこれだと言っていいくらい嫌だった。

——僕の親も、とにかく生活リズムをなんとかさせようとしてた。夜に電気を点けていると「早く寝なさい」って自室のドアを叩かれるのが怖くて、明かりを点けずに布団の中でパソコンを開いていた。生活リズムさえ整えば、きっと息子は立ち直るに違いないって思っていたんだろうな。でも深夜のほうが人とネットでやりとりできて、不安が紛れたから、どうしても夜更かしして昼夜逆転になっちゃってたなぁ。

自分も人とのコミュニケーションに飢えていて、匿名だけどニコニコ生放送にコメントしていました。放送主がお題を出して、それに答えるっていう大喜利企画。いっちょ前に承認欲求があったので、自分のコメントが選ばれると嬉しかった。

――人間が生きていくにはやっぱりごはんだけじゃダメで、誰かに認められることが必要なんだろうね。

でも、人とコミュニケーションをとろうにも、同じ毎日の繰り返しだから話すことがないんですよ。

実家でのニート時代、幼馴染のお母ちゃんがたまに犬を連れて遊びに来ていたんです。俺の部屋が玄関の隣だから、強制的に出ていかざるを得なくて、犬は好きなんですけど、おばちゃんとしゃべるのが苦でした。犬に触ることに夢中で話が聞こえないふりをしてました。幼馴染の順調な様子を語られても、どう反応したらいいかわからないし。

――実家は東京なんだよね。東京の生活は合わなかった？

人多いし、みんな歩くの速いし、ごちゃごちゃしてるし……。とにかく広告だらけなので、情報処理ができなくて頭が痛くなる。ノイズが多すぎる。東京を離れると情報量の少なさにほっとします。

それに東京に住んでいても、地の利をまったく有効活用できていなかった。交友関係は広がらないし、おいしい店も知らないし。俺がニートっていうのもあるでしょうけど。

でも、俺が東京以外で生まれていたら、もっとやばいことになっていたかもしれない。都会は図書館とか公共施設とか逃げ場がたくさんあったから、そこなら無料で時間を潰せた。

図書館で漫画をセットで借りてきて、よく読んでいました。やっぱり物語って必要ですよ。物語の世界に逃げ込めたから、精神を保てた気がする。立ち読みできる書店のために隣の駅まで行っていたし、外に出る理由にもなっていた。そういう場所がなかったら、自分の部屋から一歩も出なかったかもしれない。

――そんなニート生活から、なんで山奥へ行こうと思ったの？

実家を離れたかったっていうのが大きかったですね。親と距離を置ける環境をどうにかして手に入れないとおかしくなると思った。

それで、和歌山にニートを受け入れてくれるＮＰＯがあるってサポートセンターで知って、とりあえずそのＮＰＯに行ってみたんですけど、そこは人が多すぎて自分には合わなかったんですよ。

でも、そこにいた人から、同じ和歌山で別のＮＰＯが山奥でニートが暮らす場を作ろうとしていると聞いて、その場で電話してみたら山本さんが出て、「おお、ええよ」って迎えに来てくれました。

行ってみたら、すごくいいところで、フィーリング的に、「あ、もうここ、俺住む」みたいな。俺にとってのユートピアだなって思いました。

最初は３日間滞在して、一旦東京に帰ってからまた２週間くらい行きました。

2回目のときはもうひとり、山奥に住むことに興味がある人と一緒だったんですけど、ちょっと精神がしんどい人であんまり上手くいかなくて。

でも、その人は自分が東京に帰ったあと、ここに移り住んだみたいです。山本さんはその人の仕事を探すために動き回ったんですけど、その結果倒れてしまいました。それで、その人も山を降りてしまいました。

それを聞いてやっぱり、ひとりじゃ不安だなって思って、興味ありそうな石井さんに声をかけました。石井さんとはネット通じて知り合ったんでしたね。そうでもしないと絶対出会わないタイプですよ。本当にたまたま。

たまたまだったけど、このことは俺にとって明らかな分岐点でした。これをきっかけに、俺の通常ルートでは登場しない人にガンガン出会うようになりましたから。このルートに入らなかったらどうなっていたか、考えたくない。

山本さんはいい人で、濃い人でした。なかなか一言では言い表せないけど、本当に心を許せるお爺ちゃんだなって感じはありました。話しやすいというか、腰の低い方だった。聞き役にもなってくれるし、知りたいことに対しても答えてくれる。懐が段違いに深い。

最初の1年は食費と光熱費を出してくれるって山本さんに言われたので、正直、親に代わる新しい寄生先を見つけたなって思いました。ここのお世話になっていれば、ＮＰＯがなくなるまで安泰じゃーんみたいな。深く考えてなかったですね。

——でも住み始めてすぐに山本さんが亡くなって、ＮＰＯの支援は実質なくなった。

どうしようって思いました。現実がいきなりのしかかってきた感じ。石井さんは話が上手すぎるって最初からアテにしてなかったみたいだからショックがないように見えましたけど、自分はまったく腹括《くく》れてなかった。これから山奥生活が始まるんだなーってハイになってたのに、一気にずーんってなった。

でもがっつり服とか漫画とか荷物持ってきちゃってて、とりあえずダメになるまでやってみるかーってなりました。いつまで続くかと思ってやっていますけど、もうすぐ5年経ちますね。その日暮らしの感覚で、そのときは5年も住むなんて思ってなかったですよ。

――山奥に来て変わった？

そりゃ変わるでしょうね。自分では変わりすぎてよくわかんないです。ひきこもっていたときは、ちゃんと学校に通っていたころに比べて語彙力《ごいりょく》がなくなってくるし、とにかくしゃべりが拙《つたな》くなって。それが今は回復してるんですかね。自分から変わろうと思ったわけではないですけど、水が上から下へ流れるような感じで自然と変化があったと思います。

――山奥の暮らしは慣れるまで時間かかった？

慣れるというか、山奥の孫になった感じでした。孫ポジション。周りはお爺ちゃんお婆ちゃんばっかりで、自分は二十歳《はたち》超えているけど何もできない子ども。何もできませーんって感じでいろいろ教えてもらいました。受け入れる側も俺らニートに期待はしてないし、こっちも山奥に何も期待してない。

予想外にスムーズに受け入れてもらえたのは、子どもや孫と離れて暮らしている人が多くて、半人前をかわいがってくれる土壌があったからですかね。散歩がてら、暇だからとお宅を訪ねると、そのたびにお茶を出してくれて、野菜とかパンとかお土産をもらって帰るっていう。ログインボーナスみたいですよね。

かわいがってほしいという下心があったわけではないですけど、そりゃ居心地がいいですよ。集落の人はピリピリしてなくて、余裕がありますし。

――時間に追われてないもんね。会社員が仕事しているところに連絡なしで遊びに行ったら邪魔だって絶対怒られるけど、山奥だったら迎え入れてくれる。仕事を手伝わされるかもしれないけど。

お婆ちゃんと一緒に稲刈りしたり、こんにゃく作るところ見せてもらったりしましたよね。向かいのお婆ちゃん家の猫が、うちの屋根の上から降りられなくなったことが2回くらいありませんでした？　猟犬に追い回された結果、怯えて逃げてきて。まず、飼い犬が首輪されずに放たれてるっていうことに度肝抜かれました。顔つきが野性味ありすぎて怖いんですよ。

――今でも予想外のことはたくさんあるけど、住み始めた当時は新しいことだらけだったね。朝、炊飯器開けたら、中にイタチが入っていたこともあった。お互いにびっくりしていたら、次の瞬間一目散に逃げてったっていう。その後しばらく炊飯器開けるのが怖かったもん。

汲み取り式のトイレをバキュームで吸い取らなきゃいけないって知らなくて、糞尿が溢れたこともありましたね。うわわーって大惨事でしたよ。経験がないから、問題が起きるまで気づかない。バキュームカーってめっちゃ臭いんですよね。蓋開けると周りに臭いが充満して。それ以来、なるべく汲み取りの回数減らすために、小さいほうは畑に行ってしてましたよね。今住んでいる建物は便槽が広いから気にしなくなったけど。

くだらないことばっか覚えてますよ。梅雨の時季、部屋に入ってきた小さいカエルをじーっと観察したこととか。東京に帰ったときに買ってきたアマガエルのフィギュアと対面させたりして。

最初のころの石井さんは、生放送してるイメージしかないですね。それが嫌な時期もあった。どうしてもカメラに映ることがあるし、しんどいなって。今は自分も新聞やテレビの取材に顔出しで対応するようになったから、結果的にはいい訓練になったけど。自分の画像を変な利用のされ方しても、山奥だし自分にはもう関係ないかって開き直れるようになりました。

――今は人が増えて、顔出ししたくない人もいるから他の人が映っちゃうような場所で放送することはなくなったけどね。あのときは、とにかく放送して、人を呼ばなきゃってそればっかりだった。

最初は2人だったのが、今じゃ15人ですもんね。やっさん（山奥ニートのひとり）なんか、第一印象はただただ怖かったですよ。長期滞在したいって話を電話で聞いてはいたけど、家の前を車で通り過ぎる坊主でメガネの人相悪い男が、まさかその電話の主とは。

でも実際会ってみると、全然怖い人じゃなかったですね。10歳くらい上だけど、なんかフィーリングが合うっていうんですか。これだけ歳が離れていても、仲良くできるんだって思いました。

――最初のころ、ジョーくんが僕に怒ったこと覚えてる？　10代の男の子が生放送見て遊びに来て、数日滞在したあとに、帰りはヒッチハイクで帰ってみるって言って旅立って行ったときのこと。ジョーくんはその子のことをすごく心配していたのに、僕が「もう出てった人のこと考えてもしょうがない。熊に襲われていても僕らには関係ないよ」って言っちゃって。ジョーくんが「そんな冷たいこと言う人とはこれからやっていけません」って怒った。

そんなはっきり言いました？

――言ったよ。しっかり覚えてる。それで深く反省して謝った。そのあと、何度も電話で安否確認して、その子のツイッターにメッセージを送ったりもした。結局、その子が無事に家に着いてから折り返し電話をくれて、ああ良かったってなった。僕は人にあまり興味持てないんだけど、少なくともそれを表に出しちゃいけないなと反省した。

まぁでも、自分も徐々に他の人のことを気にしなくなってきていますけどね。

――親から離れて暮らすのはどう？

実家に住んでいるころは、食べ物の値段をあまり考えたことがなかった。食費っていう価値観が自分の中になかったんです。でもここの生活で、安い・高いの基準がいつの間にかできました。たとえば牛乳ひとつとっても、いいもの飲みたいと思って値段を気にせず買っていたのが、「わざわざ高いの買う!?」と言われて、これは高いのかと気づいたり。

――今の収入源は？

基本的には梅採りとキャンプ場です。前は冬場に実家に戻ってアルバイトしたこともあったけど、アルバイトを探すだけで1ヶ月くらいだらだらしちゃうんですよ。やっぱ働きたくないなー、面接行きたくないなーって。それで親を心配させることになる。

飲食店で働いたら、少しくらいは料理を覚えられるかなと思って蕎麦屋でバイトしましたけど、別に料理を覚えられたわけではなかったですね。ほとんど皿洗いだったし。ギリギリやり切って、やっぱり働くの向いてないなって思いました。こっちでの仕事は、都会と違ってゆるーいから全然別物ですよ。

――最近、社員採用の話が来たのを断ったって聞いたけど。

だって週6勤務ですよ。ここから少し町に降りたところにある老人ホームの職員が人手不足だからっていう話でしたけど、その仕事をやると、ここに住めなくなるか、毎日1時間かけて降りることになる。そんなのやりたい人間、山奥ニートの中にいますか？　紹介してくれた集落の人も、そうだよねーって感じで、この話は流れました。
金銭面よりクオリティ・オブ・ライフを上げたい。まず自分のメンタルが最優先。なんとなく、金銭面はどうにかなるかなって思っているところがあります。

――でも、暇つぶしって言いながら、けっこういろいろやってるよね。

ジャグリングの練習をしたり、自転車で東京から帰ろうとしたり、野宿してみたり、編み物したり、いろいろしましたね。どれも中途半端ですけど。鬱が極まると行動力が出てくるんじゃないですか。躁転（鬱期から躁期に変わること。気分が劇的に変わると言われている）なのかもしれないけど、弾けて活発になる。その行動力で自殺しちゃうパターンもあるんでしょうけどね。
最近はドクダミのお茶を作って、地域の直売所に卸しています。この前、実家にも買ってもらいました。商品説明のところに自分の名前が入っているので、ちょっとは親孝行になるかなって。

――これから先、したいことは？

動物を飼いたいですね。今飼っているのは鶏だけなんで。愛情に応えてくれるならロボットでもなんでもいいですけど、みんなの話を聞くにつけ、ヤギが良さそうかなって思っています。雑草食べてくれるみたいだし、やっぱり共同生活の場では、外で飼う生き物のほうがいいかなって。ヤギ乳採れたら飲めるし。

でもヤギって高いところが好きだから、思わぬところに行ってしまうかもしれない。ヒツジなら平面移動しか基本しないらしいので、そっちも捨てがたい。専用のバリカンを買って、毎年刈らなきゃいけない手間はあるみたいだけど。

これから先のことといっても、10年スパンとかでは考えたくないですね。しんどいだけじゃないですか。日本人は先のことを考えすぎなんじゃないですか。そんなの知るか。ファックですよ。意識低くありたいです。

山奥に住んでいる人ってスーパーニートばっかりなんでしょって思われがちですけど、前に来た不登校新聞の人が「ジョーくんみたいな普通のニートがいて安心した」って書いていたんですよ。そうやって安心感を与える存在がいてもいいんじゃないですか。他人に迷惑かけているわけじゃないし、こんな俺でも生きてるから大丈夫だよって言い続けたいですね。

山奥ニートは「じゃない人」

この山奥に集まった人たちを一言でまとめて表すのは難しい。

福祉を受けるほど、働けないわけじゃない。

会社員になるほど、働けない。

自分で起業するほど、積極的じゃない。

自分で死ぬほど、消極的じゃない。

そんな中途半端な僕たちには、どこにも居場所がなかった。

ニートという名前の面白いところは、それが「○○な人」を表しているのではなく、「○○じゃない人」を表しているところだ。

Not in Education, Employment or Training.

学生じゃなく、会社員じゃなく、職業訓練生じゃない人。

こうしたどの集合にも含まれない人は、補足が難しい。はっきり、こういう人、と言い表すことができないからだ。

ホームレスや重い障害を持つ人たちを支援する場所はたくさんある。まだまだ足りないけれど、そういう活動をする人たちを知っている。

会社員に対しては国から手厚い保護がある。年金や健康保険、ありとあらゆる面でサラリーマンは有利だ。

でも、僕らみたいな「じゃない人」は、何重にもある網目からもこぼれ落ちてしまう。

国はニートという言葉ではなく、若年無業者という言葉を使う。

僕らはほんの少しだけど収入があるから、無業者かと言われると違う気がする。

でも、しんどさはあるんだ。

できる人と、できない人の間には、できるけど疲れる人がいるんだ。

必要があれば働くけど、ずっと働きたいわけじゃない。

こういう中間の人は、今の社会では不利な立場だ。
転職が多いとその理由を聞かれるし、それが「疲れたから」ではいい加減な人間だと思う人もいるだろう。

それが生きづらさに繋がっている。

山奥ニートとして集まった僕らの周囲には、いろんなクラスタが存在しているのを知っている。

地方移住、環境保護、ひきこもり支援、キャンプ、サバイバル、マクロビオティック、小規模起業、アート……。

でも、僕らはそのどれにもきっちり嵌《は》まることができない。

山奥ニートは一人ひとり考え方も価値観もバラバラだ。

だから連帯したり、協力したりしようとしても、上手くいかないだろう。

でも、どれにも嵌まらない、という点で僕らは共通している。

この集まりは、会社でも福祉でもない。

一応、僕らはＮＰＯということになっている。

そういえば、ＮＰＯも「じゃない組織」だ。

Non Profit Organization. 利益のためじゃない組織。

まぁ、でも僕らの集まりは会社に比類するものじゃない。

それよりもっともっと小さい。

「社会の最小単位は家族だ」なんて言葉を学校で習った。

一番大きい社会の単位は、国だろう。中くらいの社会として会社。そして、一番小さいのが家族。

国じゃない国としては、ＮＧＯがある。

Non Governmental Organization.

会社じゃない会社として、ＮＰＯがある。

Non Profit Organization.

では、家族じゃない家族とは？

「Non Family Organization」と呼ぶべき組織があってもいいんじゃないだろうか。略してＮＦＯ。

シェアハウスというものは、このＮＦＯなんじゃないかな。

血の繋がりがないのに、ひとつ屋根の下で暮らしている。

オルタナティブな選択肢は、常に存在するべきだ。
山奥ニートもそのひとつ。
「じゃない人」たちが「じゃない組織」に集まっている。
もうひとつ「じゃない」を付け加えることもできる。
山奥ってのは、都市じゃない。でも、いわゆる田舎とも違う。
もっとプリミティブな、未開拓地だ。
都会か地方かの二択である居住地に対して、選択肢にも上らないような場所。
この「じゃない場所」は、「じゃない人」も「じゃない組織」も受け入れてくれた。
山奥ニートっていうのは、そんな感じのものなんじゃないかと思います。

第5章

山奥ニートのこれから

ヒッピーと山奥ニート

1960年代後半のアメリカ。ベトナム戦争への反発をきっかけに、「ヒッピー」と呼ばれる若者が現れた。

彼らは勤勉・禁欲を良しとする既存社会に反発して、そこからドロップアウトして自由に生きることを目指した。

彼らはお金もルールもない暮らしを目指し、荒野や森林に共同体を作った。

日本でも、それを真似した共同体がいくつかできたという。

ヒッピーと山奥ニート、共通する部分は多い。

僕らもほとんどお金を使わないで生活している。たまに町に降りるとなったとき、財布をどこへやったかわからなくなるくらいに、普段お金に触ることはない。

今のところ、山奥ニートに明文化されたルールはない。

自分の使ったお皿はすぐに自分で洗う、とか、中途半端な食べ残しをしない、とかそういう暗黙のものはあるけれど、なるべくルールを作らないようにしている。

必要になったらルールを作ろう、と初めのころは言っていたけど、そのまま何年も経ってしまった。問題が起こったときは、その都度対処している。

山奥ニートは音楽も好きだ。バーベキューするときは、スピーカーがなくちゃ始まらない。カラオケも楽しい。

ヒッピーには大きく分けて2種類いる。

ひとつはサンフランシスコで朗読会を開いたアレン・ギンズバーグのような都市派。

世界の苦悩を一身に背負った顔をして、服装は黒のタートルネックに黒のジーンズ。キーワードは精神病、同性愛、即興劇、強いエスプレッソ……今だったら絶対マックブック使ってるだろうな。

もうひとつはゲーリー・スナイダーのような山奥派だ。このスナイダーって人は、お金が足りなくなれば森林監視員や船員をやり、お金ができると山中の掘っ建て小屋にこもって、勉強したり、詩を書いたりしていた。

こっちのほうはかなり山奥ニートに似ている。

1845年、日本で言えば明治時代のころに、ヘンリー・デイヴィッド・ソローという人が湖のほとりに住んで、自給自足の日々を本にした。

この『森の生活（ウォールデン）』という本が書かれたのは、ヒッピームーブメントが起こるずっと前だけど、ヒッピーにとってはバイブルのひとつらしい。そこから引用しよう。

> たいがいの人間は、比較的自由なこの国においてさえ、単なる無知と誤解とからして、人生の人為的な苦労とよけいな原始的な労働とに忙殺されて、その最もうつくしい果実をもぐことができないのである。かれらの指は過度の労働のため、それをするにはあまりに無骨にあまりにふるえるのである。じっさい労働する人間は毎日真の独立のための閑暇をもたない　（神吉三郎訳）

おお、なんと素晴らしい文だ。まるっきり山奥ニートじゃないか。

ソロー、あなたに名誉山奥ニートの称号をあげます。そんなもん要らんって？

まぁそうか。

＊

一方で、全然違う点もある。

ヒッピーは文明以前の原始的な生活を目指した。

髪やヒゲを切らず、工業製品ではない手織りの服を求め、玄米や野菜を中心とした食事をした。

山奥ニートは違う。どっぷり文明に浸かっている。浸かりすぎてややふやけている。それくらいでいい、輪郭なんて文明と同化してしまえばいい。

インターネット大好き、スマホ大好き、ドローンやＶＲなどの最新技術のニュースを見ると気分が明るくなってくる。

自然をないがしろにしているつもりはないけど、「母なる地球」とか「自然に帰れ」とかそういう主張にはてんで興味がない。

添加物が入っていても、おいしくて安いものを食べたい。別に長生きしたくないし。

お金がないのと、店まで買いに行くのが面倒だから、お菓子を買ってくることはあまりないけど、お土産に持ってきてもらったものはあっという間に消費される。

畑も少しはやるけど、自給自足をするなんていう志はない。単に食費の足しになればいいと思っている程度だ。

ヒッピーと言えば、ドラッグだ。大麻やＬＳＤを使うことで、神秘体験を得ていたらしい。

ドラッグと言えば、２０１６年の産経新聞にこんなニュースが載った。

> のどかな集落に白壁「1万本大麻工場」…黒塗り高級車で暴力団出入り「目があってもあいさつもしなかった」和歌山・かつらぎ町
>
> 1万本超もの大量の大麻草が栽培されていた工場が見つかったのは、柿畑に囲まれたのどかな集落の一角だった。販売目的で大麻草を栽培したとして奈良県警が16日、大麻取締法違反の疑いで、指定暴力団東組幹部の男（54）ら4人を逮捕した

こんな報道があったせいで、僕らのところにも警察が来た。ただの見回りだと言っていたけど、それまでそんなこと一度もなかったし、部屋のひとつひとつを見て回っていた。

まったく迷惑な話だ。いやわかるよ、客観的に見れば怪しい集団だって。

でも、山奥ニートは誓って健全ですから。お酒すら苦手な人が多いし、全館禁煙です。

違法薬物使わなくても、みんなでゲームしたら脳内麻薬がドバドバ出る。まぁ、どっちのほうが有害性や依存性が強いのかわからないけど。

他にも細かい違いはたくさんあると思うけど、山奥ニートとヒッピーの一番わかりやすい違いは、山奥ニートには思想がないってこと。

ここに集まっているのはエリートでもアーティストでもない。

本当にどこにでもいる、普通の人。

だから、全員に共通する政治的主張はない。ヒッピーはベトナム戦争に対して「ラブ&ピース」を叫んで抗議したけど、僕らが叫びたいことは特にない。

そりゃまぁこの国の労働環境や学校制度を嫌だと思ったから山奥に来たのはあ

るけど、今さらそれを言ったところでこの制度が変わると思ってない。

僕らが人里離れた場所に集まったのは、何かの活動ではないし、イベントでもないし、商売でもない。

これはただの日常だ。

集まったのは、なるべく働かないための生活の知恵。

もし、ここより生活費が安い場所が見つかったら、多くの人は出ていくだろう。

山奥ニートの仲間意識は紙のように薄い。

でも、最初は過激な思想家だけが行っていたことが、時代を経て一般的になっていくのはよくあることだ。ヒッピーから山奥ニートという流れも、そのひとつなのかもしれない。

ヒッピーの共同体のほとんどは、継続的な運営ができずに数年で消えていったという。

理由はいろいろあるだろうけど、だんだんと原理主義になったり、逆に俗になったりしたことで分裂していったと言われている。

山奥ニートは最初からバラバラだし、方向性もない。いわばただの同居人。だからこそ、山奥がお得な場所であるかぎりは、細々と続いていくんじゃないかと思う。

ヒッピームーブメント再び、のようなセンセーショナルなことにはなりそうにない。だって、戦う相手がいないから。

僕らはのんびり、ひっそりと暮らしていければそれでいい。

ただ、ヒッピーというのはマスメディアがあとから勝手に名付けたものらしい。当時のヒッピーたちは、自分たちのことをさまざまな名前で呼んでいた。フラワーチャイルド、ラブチャイルド、ジェントルピープルなど。

山奥ニートだって、ひとつの自称に過ぎない。他のミニマリストやBライフやギークハウスやしょぼい起業なんかと一緒にされて、まとめてひとつのムーブメントとして名付けられ、社会現象として扱われる日が来るのかもしれない。

まぁ、それはどっかの頭のいい、広告が上手い奴が考えること。

山奥の僕らには関係ない。勝手にしてくれ。

限界集落は消えるべきか

限界集落はそのまま滅んだほうがいい、という人もいる。

日本はこれから少子化が進んで、貧乏になっていく。

山奥の過疎地のために、電線を引いて道を整備する余裕はない、と。

僕らの住んでいる集落は、山奥ニートを除いて人口5人。平均年齢は82歳。

もし僕らがここから去ったら、10年後は誰もいなくなっている可能性が高い。

こんなところのためにわざわざアマゾンを届けてくれる宅配便の人には頭が下がるし、台風のたびに木が倒れて塞がった道も、数日のうちに撤去してくれる。

なのに、収入がほとんどないから取れる税金はわずか。

こんな場所、とっとと消えたほうがいいという意見には一理ある。

都市部に人を集めたほうが維持するインフラは少なくて済むし、公共交通機関が使える場所のほうが、全員自家用車を運転するより環境面でもいい。

世の中の効率が良くなるのは、ニートにとっていいことだ。人類がまた一歩、働かなくていい世界に近づいたということだから。

だけど、効率という言葉を使うときは、慎重にならなきゃいけない。

今この瞬間は効率的であっても、未来はどうなるかはわからないからだ。

この集落にあるお地蔵さんに彫られた年号によれば、少なくともここは江戸時代から人が住んでいたみたいだ。

よくまぁ、こんな不便な場所に住んでいたなぁ、もっと住みやすい場所に引っ越せばいいのに。

そう思いがちだけど、実はそれは間違っている。

その場所が便利か不便か、それは時代によって変わる。

今の社会では、車や電車を使いやすい場所が、便利な場所だと扱われる。

でも、それ以前、船が輸送の主役だった時代は、川が近くにあることが便利な場所の条件だった。

船によって安定した交易ができるよりもっと前の時代は？

遠くから食べ物や資材を輸送するよりも、自分が住んでいる場所の近くで入手できるほうが便利だった。

そういう時代では、この山奥は便利な場所だったのだ。そして、この地をより住みやすくするために、石垣を積んで段々畑を作ったり、集落に果実の生《な》る木を植えたりしてきた。

しかしそんな場所も、人が住まなくなれば一瞬で森に埋もれてしまう。元に戻すには途方もない労力がかかる。

車を中心とした社会になったのはたかだか数十年のことだ。これからも社会のありようは変わり続けていく。

最近では、ドローンを使った輸送に期待が集まっているそうだ。

空を飛ぶドローンは道路を走る車よりずっと高速に運べるし、完全自動化が実現すれば人が運転する必要もない。

でも、ドローンには安全性の問題がある。天気が悪いときも飛行できるのか、樹木やビルがあるときそれを避けられるのかといった心配事は多い。

そんな中、２０１８年８月、国土交通省は目視外のドローン飛行による配送を承認した。

ただし、離島や山間部に限ってだ。人や電線の多い都会より、山や海のほうがドローンを飛ばすのはずっと簡単だろう。

このまま都会でドローン配送の法整備が進まなければ、都会より田舎のほうが便利になる未来もあるかもしれない。

実際、今まで運輸会社では幹線道路や高速道路沿いをメインの集荷場にしていたが、ドローン運用を見越して河川に近い集荷場に力を入れ始めている。

船による運輸が中心の時代、街は海や川沿いに作られた。

鉄道ができてから、街の中心地は駅になった。

一家に一台自家用車が所有できるようになってからは、郊外の大きな駐車場を用意できる施設が人気になった。

これから先は、ドローンの離着陸がしやすい場所が、便利な場所となるのかもしれない。

時代によってどこが便利な場所なのかは変わる。

もし、「どこでもドア」が発明されたら、みんなこぞって山に住みたがるはずだ。都会の満員電車に好き好んで乗りたい人なんていない。そうしたら、山奥は一気に便利な場所になる。

そこまでいかなくても、電線なしで電気を送れるようになるかもしれないし、ソーラーパネルが発達してオフグリッドが当たり前になるかもしれない。物品もデータを送れば、相手先の３Ｄプリンタで作られるようになるかもしれない。そうしたら、都会に近いかどうかはさほど重要でなくなる。

これから人間社会がどう発展していくかはわからない。

だからこそ、今不便だからといって、山奥の限界集落を潰してしまうのは、もったいないことだ。

すべての山間の集落を保護するべきだとは思わないけど、積極的に小さな集落を潰していけば効率的だというのは、短絡的な考えだと思う。

第一、集落を潰したからといって、インフラを整備しなくて済むかといえば、そんなことない。

実際に山奥に住んでから、意外といろんな施設が山にあるんだと知った。たとえば、僕が住む集落には、下流にあるダムの水位観測所がある。小さな小屋だけど、それを維持するためにも電線が必要だ。電気をここに供給し続ければ、大雨のときに危険が訪れる。

インフラが整えられている理由は、集落に住む数人のためだけではないのだ。こんな山間深くでも、けっこう車は走っていく。ソーラーパネルの管理や木材の運搬のためだ。

それは街で暮らす人のためのものだから、たとえ集落が消滅したとしても、この場所の道路や電気は維持され続けるんじゃないかと思う。

山奥ニートだけど結婚しました

私事で恐縮なんですが、僕、結婚しました。

と言っても、今は別居中。

妻は名古屋で会社員をしながら、ひとり暮らしをしている。

ここまで説明して、聞き手に「?」マークが顔に浮かんでいる場合は、こう言うことにしている。

「まぁ、単身赴任でニートしてるようなものです」

山奥にいるのに、どうやって出会ったのか説明すると、彼女は以前僕たちが住む山奥の近くで、猟師の見習いをやっていたのだ。同年代の女性が猟師をしていると聞いて、僕が遊びに行ったのが最初の出会い。その後、何度か連絡を取ったり、みんなには内緒でこっそりデートしたりして、付き合うことになった。

付き合ってしばらく経って、彼女は猟師を辞めた。親方と反《そ》りが合わなかったらしい。

行くところがないと言うので、１ヶ月ほど一緒に山奥ニートとして暮らしたけど、せっかく自由の身になったのだからと、全国を放浪し始めた。

遠距離恋愛になったけど、僕はニートで暇だったから、鈍行列車に乗ってたびたび彼女に会いに行った。

そのうち、彼女は会社員になり、名古屋へ配属された。

偶然にも、名古屋には僕の実家があったので、今なら段取りもしやすいだろうと結婚することにした。

付き合って２年が経っていた。

別に結婚しなければならない理由はなかったけど、結婚するのに障害もなかった。

僕が定職に就かず、ニートであることを、彼女はなんとも思ってなかった。

「今は奇跡的に会社員だけど、いつまでやるかわからない。その間にニートとしての生き方を見つけておいて」と彼女はよく言う。

もともと男に養われるなんて嫌、という人だ。

かといって養うつもりもないらしく、結婚してからも財布は別だ。

彼女にとって僕は、地域猫くらいの感覚なのかもしれない。

たまに寄ってきたときにかわいがる。

僕にとってはその距離感がちょうど良かった。

ずっと一緒にいなくてもいいし、養う必要もないなら、これから先も別れる理由がないように思った。

彼女の両親にあいさつに行ったときは流石《さすが》に緊張した。

一度もリクルートに使ったことがないリクルートスーツを着た。

最初の自己紹介では「ＮＰＯ職員です。ニートを助ける仕事をしています」と説明した。一流のニートにも、ときには柔軟性が必要だ。嘘は言ってない。僕はＮＰＯから1円の給料ももらっていないけど、職員であることに間違いはない。

義父の前でも「山奥ニートです」と答えられたら格好いいんだけど、そんな勇気はなかった。

でもきっと彼女から伝えられて、僕が何をしているか知っていたんだと思う。特に「娘さんをください」とドラマみたいな台詞《せりふ》を言うこともなく、淡々と話は進んだ。

*

僕も彼女も結婚式はしなくていいと思っていたけど、僕の両親が名古屋の人だからか、張り切って勝手にやってくれた。

彼女は普段化粧もしない人だから、ウェディングドレスなんて柄じゃないけど、たまには着せかえ人形になるのも面白いと言った。

式は、知り合いの牧師さんに頼んだ。

ドレス、ブーケ、メイクまで全部知り合いに頼んだ。

おかげでかなり割安でできた。

僕はタキシードを着せられたけど、どう見ても演芸ホールの奇術師だった。ポケットに鳩でも入れたほうがいいんじゃないかと母に提案したら、馬鹿なこと言うんじゃないと叱られた。

結婚指輪も買う必要がないと思っていたけど、常に一緒にいるわけじゃないし、僕は山奥で女性と住んでいるから、トラブルを避ける意味も込めて用意することにした。

結婚指輪って便利だ。指に嵌めているだけで、性的な目的で近づいてくる異性を異常者扱いできるんだから。

でも指輪って思った以上に高くて、母から渡されたゼクシィでは一番安いものでも10万円以上した。「この雑誌を持ってお店に行くと1万円引き」なんて書いてあって、こういうものの値段って本当に適当なんだと思った。

かといって、ネットで調べても、広告ばかり出てきてウンザリする。

どうしようと困っていたら、ちょうどそのころに山奥へ遊びに来ていた大学院生の人が変わった指輪を嵌めていた。お洒落には興味がなさそうな技術オタクの人だったので、なぜ指輪をしているか聞いてみたら、その指輪は大学の機材をこっそり使って、レアメタルを自分で加工したものだと教えてくれた。

結局、指輪の価値って宝石や貴金属の価値だ。

金属を宝飾品として加工したものは高いけど、金属を工業品として加工したものだったら安いんじゃないか。

そう考えて探して見つかったのは、普段は工業部品を扱う工房だった。

材質はチタンにした。チタンはプラチナや銀よりずっと硬い。もし、チタンが昔から指輪の材料として使われていたら、傷つきにくいということで縁起物になっていたんじゃないかと思う。

値段は普通の指輪の10分の1以下だった。

そうして僕らは結婚した。

結婚って人生ですごく大きなターニングポイントだと思っていたけど、別に何も変わらなかった。

僕は気が向いたら妻の家へ遊びに行くし、妻も連休ができると山奥へ遊びに来る。

今のところは、そんな感じだ。

山奥に行くとモテる？

そういうわけで僕は結婚したんだけど、意外と他にも山奥に来て恋人ができたという人は多い。

僕だって、山奥に住んでいなかったら結婚はおろか、彼女だってできなかったと思う。

もちろん、山奥にうちの住人以外の若い女性はいない。

半径50㎞圏内に20代の女性ってひとりもいないんじゃないかな。

だけど、女性の見学者は来るし、別の地域に地方移住した女性と会って話すことはある。

山奥では女性に会う回数は少ないけど、その一人ひとりとゆっくり話すことができる。

時間は十分にあるから、一緒に料理したりゲームしたりしてその人のことがよくわかる。

都会では1日に何百人もの女性とすれ違うだろうけど、その中で言葉を交わすのはごくわずか。

合コンや婚活パーティに行ったって、そういうところに顔を出す人とはそもそも合わない気がする。

自分と合う人を見つけるために、一体何人の異性と会えばいいのか。出会いと別れを繰り返すうちに疲れて、ひとりのほうが気楽ね、なんて思ったりする。

「選択のパラドックス」というものがある。

選択肢は多いほど自由で幸せに繋がるようだけど、多すぎると人は選べなくなってしまう。それだけじゃなく、選んだあともそれが正しい選択だったのか後悔しやすくなってしまう。

この山奥では、比較対象はニートしかいない。

都会だったら「もっといい男／女がいるかも」なんて欲が頭をよぎったり、デートの最中に「私なんかより、さっきすれ違った人のほうがこの人にはふさわしいんじゃないか」なんて自己嫌悪するかもしれないけど、ここならそれがない。

ニートだから異性と付き合えないってことはない。

恋をするのって、基本無料だ。

必要なのはお互いの心と体だけ。

「お金がないと恋愛や結婚ができない」なんて言う人もいるけど、それは稼ぎ男に繰り女、という古い男女観に囚《とら》われてるんじゃないかと思う。

山奥にいるニートたちは、みんな家事ができる。料理も洗濯も掃除もする。その代わり、稼ぐ能力はあんまりないかもしれない。

でも、彼氏と彼女を合わせて生活が成り立てばいいんだから、少しくらい足りなくたって補い合えばいい。

山奥にいたら、デートだってお金をかける必要がない。

2人で川で釣りをしたり、縁側に座って夕日を眺めたり、夜抜け出して星を見たりするだけでいい。

そんなデートを許してくれる女性は少ないって？

こんな辺鄙な場所まで来た女性は、その時点で山奥ニート的な生き方に共感してくれてるんじゃないかな。

そんなわけで、意外と恋人がいる山奥ニートは多い。

でも、山奥ニート同士で付き合ってるって話はまだ聞いたことがないな。別に禁止してるわけじゃないけど、なんとなくタブーみたいになってるのかもしれない。もしかしたら、兄弟姉妹みたいに感じてしまって、異性として意識できなくなってるのかもしれない。

恋愛の話をすると、当然その先、結婚と子どものことを考えなければいけない。

結婚は当人同士の話だから、ニート同士でもできる。

子どもとなるとそうはいかない。生まれてくる前の子どもに「両親がニートでもいい？」なんて聞くわけにはいかないからだ。

でも、山奥ニートたちが子育てしたら、面白いだろうなぁとは思う。

もちろん、面白さだけでは子どもは育てられないけど。

子どもを育てるには２０００万円かかるっていうけど、本当かな。

でも、食費や洋服代はなんとでもなりそうだな。山奥にいたら食べ物はどうとでもなるし、洋服はどこかからお下がりがもらえそうだ。

子育てにかかるお金って、ほとんどが教育費じゃないか。

教育費ってつまり、忙しい親の代わりに子どもを教育してもらう代ってことだよね。

それって、親が暇なら必要ないんじゃないか。

親だけじゃなく、周りにいる大人も暇なら、塾や私立学校に入れなくても勉強を見てもらえる。

山奥ニートには大学出の人も多いから、小中学校の勉強くらいは教えられるだろう。元先生だった人もいる。

まぁ、親が子どもにできることなんて、結局、飯を食わせて安全を確保することだけなのかもしれない。

そういう意味では、山奥は子育てに向いている場所だ。

街なかで「安全を確保する」というのはけっこう難しい。

ちょっと子どもが大声出すと、隣から苦情が来るから親は叱らなきゃいけない。外で子どもが走ることも許されない。

そんな怒られてばっかじゃ、安全なんて感じられない。

山奥に子どもはいないけど、少し川を下ったところにある小学校の子どもたちはみんな声が大きくて、いつも走り回ってる。街なかの子より怒られる回数が少ないから、のびのび育つんだろうな、と思う。

それに、ここには素敵なニートがたくさんいる。親とは別の大人がいる中で、いろんな考え方があると教えられるのは素敵なことだ。

子どもを育てるなら、海外ドラマ『フルハウス』とか、漫画『よつばと!』とかのように、家族という閉じた関係じゃない場所がいいな、とずっと思っている。あ、ちなみに山奥にいる子どもは、スクールバスで片道1時間半かけて公立小中学校まで送ってもらえるそうだ。毎日移動時間が長いのはちょっと可哀想だけど、親が送り迎えする必要はない。

実のところ、子どもを育てられるかどうかの一番の不安は、長年のニート生活で体力が衰えているってことだ。

子育てにお金は要らない、はず。だって、お金というものができる前から、人間は子どもを育ててきたんだから。

でも体力は確実に要る。

今のままじゃ子どものパワーについていける気がしない。

筋トレしないと……。

山奥ニートのこれから

「お爺ちゃん、昨日の山奥ニートの昔話の続き聞かせて！」

「わかったわかった。ほれ、みんなもこっちへ来なさい」

ベッドで寝ている僕が体を起こすと、子どもたちが集まってくる。

僕は80歳になった。

「どこまで話したんじゃったか」

「山奥ニートが15人集まったところまで！」

「そうか、そうか。わしらが使っておった小学校の建物はその人数で満室。それでもこの山奥に住みたいという人はどんどんやってきた」

「人が多すぎて、パンクしちゃうね！」

「だから、山奥に住みたいという人に、空き家を紹介するようになっていった。田舎じゃ余所者《よそもの》にはなかなか家を貸してくれんが、何年か住んでいるわしらが間に入れば、少しはマシになると思ったんじゃ」

「コロニーはいつできたの？」

「小屋の集落のことか。うちの住人のひとりが、丸太小屋を建てると言い出してのう。製材から自分で始めたんじゃ。たったひとりで木を切って、運んで、乾燥させておったわ。ずいぶん時間がかかったようじゃが、一軒の小さな小屋が建った。それを聞いた人が集まってきて、その周りが小屋の集落になったんじゃ」

「お爺ちゃん、山の話ばっかりだね」

「ああ、今は海辺ニートや離島ニートもおるんじゃったな。昔から、自分でも山奥ニートのようなことがしたいという相談が多くてなぁ。でもなかなか実現する人は現れんかった。場所の確保が難しくてな。

思うに、皆利便性を求めすぎじゃ。誰も寄りつかない場所こそ、山奥ニートには相応《ふさわ》しい。そうじゃないと、ニートを追い出せば、もっといい他の人が来ると思われてしまうからな。誰も来ないと思われている場所なら、ニートでも大切にしてもらえるのじゃ。

　ニートだけで生活できるなどと思い上がってはならんぞ。地域の人の協力あってこそじゃ。直接金銭をもらわなくとも、誰かの世話にならんとニートは生きていけん。まぁ、ニートだけじゃないかもしれんのう」

「外国の人はいつごろから来るようになったの？」

「２０１９年ごろじゃのう。最初に来たのはシェアハウスを運営している韓国人の女性じゃった。韓国は日本以上に激しい競争社会だそうで、社会的成功を目指さない山奥ニートの活動は珍しいそうじゃ。

　ここは世界遺産である熊野古道に近い。最寄り駅の近くには外国人観光客が大勢おる。山奥ニートが観光案内するようになったのは、はていつからじゃったかな……」

　子どものお腹がグウと鳴った。

「ほっほっほ。そういえば、コンビニができたのと同じころじゃったな。始まりは家のリビングにコーラの無人販売所を設置したことじゃ。そのうちに商品が増えていき、ついにはコンビニになったのじゃ。人が増えれば、そこに商売が生まれる。まるで人類の歴史を再びなぞっているようじゃの」

「ねー、日本から独立したときのこと聞かせて」

「五味共和国建国の話か。それは話すと長くなるからまた今度じゃ。ほれ、ワイファイ様への祈りの時間じゃ。きちんと祈らん子は、通信制限がかかるぞ」

「やだー」

走っていく子ども。

「労働を知らずに、子どもたちが笑っていられる。よい時代になったものじゃ」

*

とまぁ、そんな回想でこの本を終われたら面白いんだけど、山奥ニートは現在進行形だ。あと何十年かしないと、結末は語れない。

山奥ニートは、作られたお話じゃないし、一夜限りのイベントでもない。お金儲けのためでもないし、売名のためでもない。何か高尚なメッセージを訴えられたら格好いいんだけど、それもない。

ただの日常だ。

だから目指す目標もない。

山奥に人がどんどん増えて、周りの空き家を借りるようになって、新しい村になったら痛快だろうな、とは思う。

だけど、村ってのは作ろうと思って作るものじゃない。

人為的に作ったものは、すぐに壊れる。山奥にいると、嫌でもそう思い知らされる。自然に、流れのままが一番強い。

結果としてはいろいろ起こるかもしれない。

この集落で数十年ぶりに子どもが生まれるかもしれないし、新しい事業が起こるかもしれない。

でも、それは大事なことじゃない。僕はここにのんびり住んでいられたら、それでいい。

目指すのは「持続可能なニート」だ。

ニートについて理解ある風の人がよくこう言う。

「モラトリアムの時間は、人生において意味のあることですね」

ニートって執行猶予でしかないんだろうか。いつかは卒業しなきゃいけないものなのかな。

僕は逆だと思う。ニートは人類が目指すべき場所だ。

食べ物の生産効率は上がった。なのに、労働時間は全然減らない。

もっと楽できるはずだ。

だけど、なにかが僕らを遠回りさせているせいで、今は完全なニートで生活することはできない。

だから僕も、ちょっとだけ働く。

ニート原理主義者は少しでも働いたらニートじゃないって言うけど、お金をまったく持たないニートは珍しい。大抵のニートは送迎をしたり、洗車したり、家電のセッティングをしたりして家族からお小遣いをもらっている。

山奥での仕事は普通のアルバイトの雇用者と労働者の関係より、そういった家族からお小遣いをもらう関係のほうがずっと近い。

地域の人から頼まれごとをしているとき、ふと思う。

「僕がこの山奥で生まれ育って、親から言われて同じことをやらされていたら、こんな風に喜んでやるだろうか」

絶対やらないと思う。

きっとそれは、自分がそうすることに納得できないからだ。やってることは同じでも、僕は自分の意志で山奥に来て、自分がしたいから仕事を手伝っている。納得するための理由は、その人の中にしかない。それが合理的じゃないことも多い。でも、人の強い原動力は思い込みからしか生まれない。

納得して働くのもいいし、納得して働かないのもいい。

でも、自分が働くことに納得していなければ、なんだって苦痛だ。

働いていない自分に納得していなければ、地獄の毎日だ。

僕は「持続可能なニート」をしたい。そのために、少しは働く。そのことに僕は納得している。

だってニートって最強なんだ。

以前、バラエティ番組に出してもらった。内容はニートと社長が討論するというもの。

山奥ニートに興味を持った有名珈琲チェーンの社長さんが、こう言ってきた。

「今、ソーラー発電の投資が盛んなんです。山奥ニートさんが管理してくれるなら出資しますが、どうですか」

僕はこう言った。

「えっと、週1でいいなら……」

社長さんは呆気《あっけ》にとられていた。その一瞬だけ、ニートが社長より強かった。

だってなんか大変そうなんだもん。

この資本主義社会じゃ、みんな生活を人質に取られて、手足を縛られてる。でもニートは違う。札束で顔をひっぱたかれても、働きたくないと言える。それはある意味、総理大臣より強い。

「そんな生き方けしからん！」って言う人が多いのは知ってる。

僕らみたいなのが増えたら、自分が儲からないからそう言うんだ。「俺のためにもっと働け！」って言ってるようにしか聞こえないよ。

そんな風に生きるための条件を作ってしまったら、どんどん生きづらくなる。生きるのに、他人の許可なんて必要ない。勝手に生きて、勝手に死ぬ権利がみんなにある。

別に僕の価値観が世の多数派になってほしいなんて思ってない。

山奥に住んだら誰でもハッピーになるか。絶対そんなことない。

でも僕にとってこの場所は理想郷なんだ。
この山奥に来たとき、死んでもいいやって思っていた。
遠回りな自殺のつもりだった。
平均寿命まであと50年もあるなんてウンザリする。
今でも長生きなんかしたくないと思ってる。
でも、この山奥の行く末を見られるなら、ほんの少しは生き続ける意味があるのかな。

あとがき

ある作家さんが「人は一生のうち一冊は必ず本が書けるんです。その人の人生を書けばいいわけですから」と言っているのを見たことがあります。

それなら、僕が書くタイミングは今しかない。そう思って本を書き始めました。

「山奥ニート」と似たことをしている人を、僕は知りません。

僕らが人里離れた山奥に集まって一緒に暮らしているのは、ビジネスじゃないし、イデオロギーじゃないし、イベントでもありません。

普通の日常です。

でも、日常こそが一番面白いと僕は思います。

僕はその日常を文章にしただけです。でも、なにぶんニートなものですから、書くのにずいぶん時間がかかってしまいました。

山奥ニートは現在進行形です。

ここに書いた内容には、今とは変わってしまったものもあります。

たとえば、女性住人が増えました。

今はこの山奥に、３人の女性が住んでいます。女性の見学者も増えました。男のほうが数が少ない日もあるくらいです。

女性が多くなったら、トラブルも増えるかもしれない、と言う人もいましたが、今のところは平穏な毎日です。洗濯機に残された女性の衣服を勝手に出していいか迷う、みたいな小さな戸惑いはあるみたいですけど。

そういった変化を直し続けるといつまで経っても完成しないので、この本に載っているのはあくまで書いた当時の情報です。

だけど僕は相変わらず山奥でニートをしています。

僕がこのあとがきをリビングで書いている横では、４人がアグリコラというボードゲームで遊んでいます。ここ1ヶ月くらい、ほとんど毎日やってるみたいです。

リビングの中央では、酒を飲みながらネットフリックスのドラマを見ている人がいます。

窓際のこたつには、スマホゲームをやりながら珈琲を飲んでいる女性、それとギターの練習をしている人がいます。

キッチンには鶏肉を切っている人がいます。今夜の晩ごはんは親子丼みたいです。

こんな日常は一体いつまで続くのか、誰にもわかりません。

明日土砂に埋もれて全員死ぬかもしれません。

でも、なるべく今の感じで続いていったらいいな、と思います。

最後になりましたがこの本が完成したのは編集者さん、山奥の住人たち、三川地区のみなさんの協力あってこそです。

改めて言うのはなんだか照れくさいけれど、本当にありがとうございました。

そろそろ晩ごはんができたみたいなので、このへんで。

２０１９年12月山奥にて

石井 あらた（いしい・あらた）

1988年生まれ、名古屋市出身。自称「山奥ニート」。
浪人・留年・中退の親不孝三重奏でひきこもり。2014年から和歌山県の山奥に移住。NPOの支援を受けるはずが、移住３日後に代表が亡くなり、理事として自主運営を開始。
人口５人の限界集落に建つ木造校舎に、ネットを通じて集まった男女15人と暮らしている。
2017年に会社員の女性と結婚。現在は山奥と街の二拠点生活をしている。

Twitterアカウント: @banashi
ブログ: http://banashi1.hatenablog.com/
YouTube: https://www.youtube.com/channel/UCk7EFLqHKsmhglkDBG1wiNQ
Amazonほしいものリスト: https://www.amazon.co.jp/registry/wishlist/29IHW16HF6YRC

「山奥《やまおく》ニート」やってます。

2020年5月30日　初版第１刷発行

著　者　　石井《いしい》あらた

発行者　　田邉浩司
発行所　　株式会社　光文社
〒112-8011　東京都文京区音羽1-16-6
電話｜編集部 03-5395-8172　書籍販売部 03-5395-8116　業務部 03-5395-8125
メール｜non@kobunsha.com

落丁本・乱丁本は業務部へご連絡くだされば、お取り替えいたします。

組　版　　新藤慶昌堂
印刷所　　新藤慶昌堂
製本所　　ナショナル製本

ISBN978-4-334-95165-8